U0028206

Let you go Before I let go

Let you go Before I let go

Let you go
before I let go

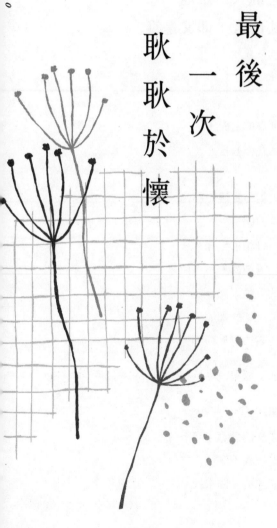

最後
一次
耿耿於懷

Middle ————著

序／
讓你念念不忘的人，是他，
讓你耿耿於懷的人，卻又是誰

有些人會突然走進你的生命，
最後卻只會永遠活在你心裡。

也許，你們曾經陪對方走過一段路，
但不會陪對方走到白頭。
也許，你們本來可以相依相守，
但後來還是寧願放過彼此。
也許，這只是你的入戲太深，
但如今你仍會記得一切的細節。
也許，你仍然好想親口對他說再見，
但最後就只會對空氣說一聲晚安。

你不會忘記他的事情，
只是，他未必需要你的念念不忘……
或許對他來說，是不痛不癢，
是以後也不會再記起的瑣碎末節。

但縱使如此，有一個人，
在那遙遠的將來，在某個風起的季節，
還是會為了那天突然的沒有再見，
而想得太多，耿耿於懷。

然後，彷彿再念記下去，
也不過是一種自我折磨，
卻始終找不到一個可以完全忘記的出路，
然後，偶爾又會責怪這一個自己，
為何未可看開，為何一直徘徊……
為何來到這天還要回看那一道，
已經結疤的傷口。
彷彿越想放下，反而越會變得執著。
到頭來，我們未必真的可以放下什麼，
最後反而首先變得力竭筋疲……
直到哪天，你或會忍不住反問，
是否真的要繼續勉強忘記下去，
是否真的要放下一些什麼，
我們才值得去重新開始……

才可以再次去愛人，
去愛這一個太過認真、並已傷痕累累的自己。

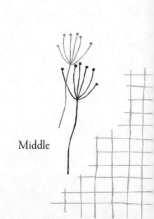

Middle

01

徘徊徊徊

02 / 耿耿於懷

03

無人知曉

04/

最後一次

01 /

徘
徊
徘
徊

有些人再喜歡，

也只可以繼續友好，

否則以後就只能永遠失去。

你知道你們並不是真的朋友，

但不是陌生人，也不會是情人……

其實你都不能清楚，

自己與這個人有什麼關係。

只知道，你們偶爾會掛念對方，

會好想立即見面，會想念到寂寞。

但每次，在最快樂或最失落的時候，

你們總是不能夠在對方身邊，

總是有各種原因，

讓你和他卻步退後，不要再走前一步，

不要讓這份似有還無的默契，

從此斷送……

即使其實你不能確定，

對方是否也真有著這一份默契，

即使你始終都不明白，

為何還會對這一個人格外在乎。

他不是不喜歡你，
只是你不是他最喜歡的人

他不是不重視你，
只是你不是他最重視的人。

他不是不關心你，
只是你不是他最關心的人。

他不是不親近你，
只是你不是他最親近的人。

他不是不想念你，
只是你不是他最想念的誰……

他不是不喜歡你，
只是他心裡更喜歡另一個人，
其實你很清楚這個現實。

而你始終為了這一個誰、

無法成為他心裡的誰，
想得太多，比較太多。
然後漸漸也忘記了，
偶爾也要好好地去喜歡自己。

每次他對你說，
你是最好的，你都會有一點心痛，
但你從來不會讓他知道。

有時你會想，如果你不夠好，
他還會這樣稱讚你嗎？
如果另一個人對他好一點，
他還會再對你說多一句話嗎？

如今，
你可以在他心裡佔一個位置，
是因為沒有人比你做得更好吧，
是因為沒有人想與你去比較，
他只是沒有選擇……
而你明知如此，
但還是心甘情願繼續下去。

只是，
偶爾還是會寂寞，
偶爾還是會想，
如果他不是因為你的好而喜歡你，
如果從來不需與另一個人比較，
那有多好⋯⋯
自己是不是就不會再惶惑不安，
哪天他會因為厭倦你的好而遠去，
哪天他會因為找到更喜歡的誰，
而把你遺棄在角落裡⋯⋯

Let you go
Before I let go

不會再見，也不會再想起。

可以再見，但不可能走近，
可以思念，但不可能重新開始

偶爾你們會傳短訊，
但他會很久很久都沒有回覆。

偶爾你們會打電話聊天，
但每次話題總是圍繞他的生活與煩惱。

偶爾你們會一起飯聚，
但如果你不主動邀約，你們可以很長時間不見面。

偶爾你們會傳對方生日快樂，
但你們已經不會再一起慶祝，不會再為對方送生日禮物。

偶爾你們會讚好對方臉書上的相片，
但你們已經很久沒有一起合照，也很久沒有標註過對方。

偶爾你們會懷念從前一起出遊，
但如今你也清楚知道，他沒有時間與心情再來一次。

偶爾你們會很想念對方，
但你知道，他的想念與你的並不一樣，
不可以太認真，不可能太長久。

偶爾你們會說，依然很在乎對方，
依然很重視這一段關係與情誼。
只是漸漸，你也開始看開，
他重視你們的回憶，更多於重視現在的你。
他在乎這一段關係是否會延續下去，
但不等於，他真的很想你一直留在他的身邊……
他不會看得見，你的笑臉背後，
所有過的寂寞與無奈，
你不會看得見，他在離開以後，
有沒有過得更加快樂，更加自由……

偶爾你們會對這種情況感到無奈，
都會默想，為什麼漸漸變得如此疏離，
都會感慨，是否還有可能變得像從前一樣……
但你知道，再懷念再不捨，
你們的世界也只會漸漸變得不再一樣。

有些人可以偶爾再見，
但不可能再走得更近。
有些人可以繼續思念，
但不可能再重新開始。

是從何時開始，他的在線狀態，
支配你每晚的入睡時間

他在線，你不捨得去睡。
他離線，你也不敢輕易去睡。

內心總是會沒來由地不安，
怕他就只是會暫時離線一下，
之後自己會不小心錯過他的回應……
也怕，他之後會繼續在線，
與另一個誰延續那尚未盡興的夜談，
直到深夜凌晨，直到明晨破曉，
結果將你一點一點忘掉……
你不想如此，更相信真的可能會如此，
即使他現在留給你的，也是繼續的已讀不回，
就只有你一個人守著他的在線時間、他的回應，
就只有你一個人傻傻地執著在意，
這一切……

終於，他真的離線了，

比平時更晚，也比昨天更晚。
你放下手機，闔上眼，
明明很累，卻始終睡不著，
越是去想，越是刺痛。
想不要再想，然後你又忍不住，
再拿起了手機，再撥下去，
撥下去……

其實他都不會在意你的痛。
為什麼自己偏偏依然會如此在意，
偏偏不懂得，好好放過自己。

即使傳過幾千百個短訊，
最後我們還是沒有好好説再見

偶爾你還是會想，
為什麼你們今天會變成這樣。

見面，不會問候，
傳了短訊，也恍如不覺。
如果那天，你們可以向對方坦誠一點，
少一點自以為是，早一點提起勇氣，
直接向對方說清楚自己的心意，
那麼如今，是不是不會再如同陌路，
是不是至少還可以在短訊裡，
繼續和他交換笑臉……

記得以前，和他每次在短訊聊天，
到最後，都是沒有好好向對方說再見。
即使明明有多疲倦，即使夜已深了，
但總覺得，你們的話題不會就這樣完結，
到明天，你們的感情還是會繼續延展下去……

但想不到，當你們漸漸從熟悉變得陌生，
你們最後也真的沒有好好說再見，
以後也不會再有任何往來，半點靠近⋯⋯

再多的感受、再著緊的想法，
也只可依賴冰冷的短訊來傳達，
然後只能換來對方的已讀不回，
或不讀不回，或無法傳送⋯⋯

曾經你以為，他喜歡你，
才會一直和你無間斷地一直短訊，
但短訊再多，原來也可以不代表什麼⋯⋯
原來，他只是想找個人陪他聊天，
原來，他只是碰巧發現你有空閒，
原來，他只是喜歡你會放下別的事情陪他，
原來，他只是喜歡你不會對他的訊息已讀不回，
他只是想有一個人陪自己浪費時間⋯⋯

原來，
他並沒有為你這一個人想得太多，
他並不只是與你一個人在短訊，

在不知不覺間，陷得太深……

原來，他並沒有太多認真，
你又何必為那一句再見，那一下鈴聲，
而想得更多，而忘了釋懷。

沉默不是因為無話可說，
而是一切已經無從說起

有些事情，
漸漸你會放棄再去對他說明。

不是不想得到他的明白，
不是不想和他變得更加親近，
不是不想成為他眼裡最重要的人。

就只是不想再得到他的無視或冷淡，
不想再聽到一些自以為是的同情，
不想再換來更多沉默或嘆氣聲。

不想讓曾經的快樂、溫柔、心跳與喜歡，
繼續被消磨下去，變得支離破碎……

因此，漸漸學會了不會再說，
不要再勉強讓他明白，
不要再想下去，不要再想到又再次失眠……

不要再想，
這段關係會在什麼時候，悄然告終。

Let you go
Before I let go

你試過生氣，也試過不再生氣，
但始終未可學會如何放棄

後來，有很多很多事情，
你都會放棄再問，不會再讓自己太過生氣。

不是不要去為自己爭取，
而是你知道再生氣下去，
也只有你自己一個在意，
難受的最後還是你自己。

然後，你試著走到他的面前，
叫自己不要再計較他的缺點與過錯，
努力地裝作如常，裝作可以與他和好如初。

然後，他繼續沒有發現你的無奈，
又或是，他其實了解你為何沉默，
只是他也選擇假裝沒有發現，
讓自己可以繼續這樣對待你，
繼續無視你的存在，你的不忿。

偶爾你會想，如果他真的珍惜你，
又怎麼可以對你的難受裝作視而不見。
但是來到這天，你始終像是在一個人自討苦吃，
你不敢再有太多期望，但還是換來更多失望……
原來他真的可以對你的一切不聞不問，
真的可以輕易將你捨棄，
讓你更加不忿，更加無法輕易放開。

漸漸，很多事情，
你都不會再去過問。
寧願不要了解太多，
盼能換來一點安靜，
不要再被不快不滿的情緒支配，
不要讓自己只會批判他的不是，
不要讓眼中只會看見他這個人。

你知道，再如此下去，
也只會讓自己變得更加卑微。
這是你最後的溫柔，
不是對他，而是放生你自己。

有時最無奈的是，
原來我也只不過是你的其中一個選擇

有時最難耐的，

並不是那一個人已經變了，

甚至不再喜歡你；

而是，你仍然叫自己相信，

一切都沒有改變，

你們仍然有可能，變回最初一樣。

然後每天患得患失，

怕他會不會突然改變了想法，

怕他會不會不想再理會自己；

怕，他是真的已經變了，

變得不再是你熟悉的他、你喜歡的他，

怕，自己是否還能夠繼續喜歡下去，

自己是不是還可以如願地跟這個人走到最後……

但你放不下的，

是眼前這一位已經變了的人，

還是你曾經最喜歡的他、
你一直等待著的誰？
或許，偶爾他會對你很好，
但你真正需要的，
又是否這點偶然溫柔、還有一杯杯苦水。

有時候，我們不是不能夠回到從前，
只是我們有沒有一起走下去的決心。
你可以單方面繼續相信，
他會變好、自己的堅持終有天會感動到他；
但你也要清醒，這是一場長期作戰，
奇蹟不會突然降臨，有時一個人再努力，
也是改變不了兩個人的未來。
如果他始終沒有心一起成長，
你會心甘情願堅持下去嗎？
如果最後，你也只不過是他的其中一個選擇，
那你還要繼續為這一個幻象，
執迷更多、患得患失嗎⋯⋯

或許你心裡其實早已經有一個答案。
不想委屈自己，但也不想自己將來有機會後悔。

說清楚，有時是一種解脫，
有時卻是漫長煩惱的開始

曾經你以為，

只要將一切都說清楚，

對方就會明白，你一直埋藏的想法與心意。

不論對方是接受還是拒絕，

是面對還是選擇逃避，

至少也會得到一個結果，

至少也是一個機會，可以讓自己學會心死。

但這是你的以為。

原來說清楚，不等於對方就會明白，

不等於對方就會懂得站在你的角度，

去為你著想，或是去給你一個你想要的答案。

原來，他不一定會明確地拒絕你，

原來，他也會需要一點時間去理解你的坦白，

去思考應該用哪一種態度來接受你，

或逃避你，或與你繼續一種似近非近的關係……

原來，你想求到一個答案或解脫，
但不等於對方也會跟你有同一種心願，
不等於，對方想有任何改變。

只是，在那天之後，
一切還是變得不再一樣。
曾經你以為，和他成為一對情人，
是最難做到的事。
但做不到情人，之後想和他變回朋友，
有時原來更不容易。

就算你再怎麼訴說，友誼永固；
就算你再怎麼假裝，真的已經放下了，
真的已經不會再動心……
都敵不過你曾經的表白，
曾經對他有過太深的喜歡，太多的認真。
你彷彿被判了一個永遠不能洗刷的罪名，
你永遠都會是一個暗戀他的過客，
一個不可接近他，也得不到他拒絕的陌友。
他依然會跟你友好，
但是你不會再聽到他的心事。

他依然會偶爾主動找你，
但是他有太多理由可以冷落你，
不再將你放在最親密的位置。

而你，
偶爾還是會為自己那天的衝口而出，
留下太多後悔……
偶爾還是會想，如果不把一切說破，
是不是就不會得到如今的結果，
是不是就會得到想要的結果。

也許到頭來，不是忘不了，
而是始終都不想放開而已

明明知道，
他是不會為你改變，
明明知道，
再追再等下去，也是徒勞。

明明你已經傷痕累累，
明明他已經走得很遠；
明明你早就心灰意冷，
明明他早就說得決絕。

明明知道，你再認真，
他是不會回頭不會心軟，
明明知道，他的自私絕情，
你是不應再對他有任何期待……

明明你都早知道這些結果。

也知道，只要不再跟他往來，

自己有天總會復原過來，

自己終會遇到一個更好的人，

然後在下一段路上，與對方重新開始。

到時候，你就會不再記得，

這一個如今讓你難過無助，

讓你始終離不開，讓你感到自己渺小如塵，

讓你不敢再去愛人，不相信可以被愛的誰⋯⋯

只要以後不會和他再見，

到哪天，你一定可以再勇敢地重新去愛，

可以再去相信，自己其實也值得別人的溫柔相待⋯⋯

你明明知道的。

只不過，在那天到來之前，

有時你還是會繼續留在這裡，

再繼續守候這一個，其實不屬於你的誰。

假裝仍然看不開、放不低、忘不了。

是因為你已經太過習慣，

這種已經承受過太多次的刺痛與無助，

還是你依然相信，終有天會出現一個奇蹟，

終有天可以等到他為你改變……

然後再繼續明知故犯，就是如此而已。

如果示弱了，
最後還是只有自己會在意

假裝堅強不難。

只要少一點說話，
將情緒掩埋、不形於色。
只要在臉書或 IG 裡，
不要寫半點文字惹人聯想。
只要在與朋友短訊時，
多點用笑臉符號來掩飾自己的感受。
只要不與別人對望，
不要期待去依賴別人，
不要嘗試透露自己的煩惱，
不要嘆氣，不要想得太多，
不要回到值得紀念的地方，
不要有太多空餘時間去回望過去，
不要有機會去惹起不必要的情緒，
即使真的想哭，也記得要躲起來，
不要讓人發現，不要讓人聽見，

第二天醒來，你還會是那一個堅強的你，
你還是那一個，恍似跟其他人一樣快樂的你⋯⋯

假裝堅強是不難的，
如果示弱了，最後仍是只有自己會在意，
那不如不要表現出來，繼續保持獨來獨往，
可能還會更加自在，還會更加快樂⋯⋯
只是如此看淡得與失，
對各種關係都不敢再投入或認真，
有天還是會漸漸感到孤單，會寂寞，
還是會忍不住想，為什麼要這樣子假裝下去，
為什麼始終不可以得到，
那一個誰的在意與重視⋯⋯

是從哪一天、哪一次開始，
因為自己示弱了，換來更多的冷落與失望，
我們才開始寧願相信，
自己一個人也可以過得更好，
我們不再需要那一個人的關心與憐憫，
也可以活得更堅強，更自在⋯⋯

但其實你本來就只是想要靠近他的世界，

你以為只要交心，就可以換到對方的一點認真。

但原來不然，

原來都只不過是自己的一廂情願。

你的好值得被人重視，
只是他始終都不會是那一個人

你的好，值得被人重視……

只是偶爾，你還是會看不開，
如果自己所付出的好，
真的是那麼重要、值得被珍惜，
那為什麼自己對某個人的好，
始終只會換來對方的無動於衷，
或是若即若離，或是不想回應。

有多少次，你不想再這樣下去，
但是在這迷陣裡，你彷彿再找不到暫停鍵，
不要再繼續這種自討苦吃的付出，
不要再繼續這種不獲重視中尋找自己的價值，
然後漸漸對這樣的自己累積更多的厭惡，
更多的疲累，最後也再沒有力氣去微笑……

漸漸，你不想再去相信，

好心會有好報這種安慰說話。

又或者正確來說，好心有好報，

原來並不適用在愛情的世界裡。

對一個人好，不一定會換到同樣的回報，

付出再多的好，也未可換到一點溫柔。

當你越是期待會得到回應，

最後卻換到一直的忽略、或無心的無感，

有時原來可以比純粹的討厭或拒絕，

讓你更感到冰冷。

然後，

你會開始質疑自己，反問自己，

是不是自己有什麼地方錯了，

是不是你的好，對別人來說原來都是不好；

是不是你太在意自己的感受，

是不是你沒有去體諒對方的難處，

是不是自己錯過了對方的好……

然後一直這樣的自我檢討、自我推翻，

用另一種形式，

來嘗試延續對他的好，對他更好，

期望換到他的注意，他的回報，

然後又再一次走不出，

這一個得不到重視的迴圈。

其實你知道，

對人好，是一種美德，

但不是一種理所當然的責任，

也不是一種對方必須要回應的義務。

有多少個夜深，

你很想自己接受這個事實，

不要再去執著他對你好不好，

再為自己得不到他的回應，

而繼續無止境地責備自己。

說到底，

對一個人好，希望以此來換到對方的好，

甚至由衷的喜歡，

本身就是一種奢求，也是一種卑微的祈求。

因為你知道，對一個人好，

不代表就是認真，不等於會變得親近，

不一定有著太深的喜歡，

也不一定會因為付出多少的好，

就可以換到同樣份量的認真。

有些好，就只是剎那間的溫柔，

再沒有更多深層次的意義，

到了明天，也不能去為你們之間的關係，

留下任何憑證。

有些好，其實就只能用來掩飾，

自己那一點太深的喜歡，

不能祈求哪天會換到對方的好，甚至喜歡，

就只望自己有天可以學會釋懷，

可以心甘情願地離開、放手……

但有多少夜深，

因為始終得不到他的一次認真，

他的一個回應，你還是又再想到失眠。

還是會想，為什麼只可如此，

為什麼他始終不會明白你的感受，

漸漸你也不明白，自己如此下去，

到底是為了什麼……

是自己太過認真，太過喜歡自尋煩惱？

有多好、有多苦，

明天醒來，又會有誰在乎嗎，
百年之後，又可會留下半點痕跡。

Let you go
Before I let go

有些錯誤或許無可挽回，
有些過客本來不可共老

後來你偶爾都會記起，是從那天開始，
你們之間的關係，變得不再一樣。

那天，你不小心在他面前，
犯了一點點的錯。
本來你以為，他應該不會介意，
你沒想過那一點無傷大雅的錯，
會令他那麼不愉快、甚至生氣……
他從來沒有對你如此冷漠，
彷彿你們之前的親密，
都是你自己想得太多。
又彷彿，你所犯的錯，
真的那麼讓他討厭，讓你不可以原諒……
然後，就是從那天開始，
你們之間的感情再也不能重來，
一天一天變冷，一點一點疏遠。

Let you go
Before I let go

之後你不斷回想，自我批判，
無論如何，犯錯是自己不好，
你有心去改正，想要挽回，
你保證以後都不要再犯同樣的錯。
只是，對方始終沒有給你改正的機會，
彷彿已經不想再花時間與你相處，
不會再溫柔待你，不會再認真聽你的說話，
即使你已經用最誠懇的姿態求他原諒，
但漸漸你也感到自己像是在單方面地討好，
而始終換不到他的一點認可，
一點溫柔。

但在那天之前，
你們本來是一對無所不談，
你以為他是一個可以交心、
可以互相信任、
可以一起走很遠很遠的密友……

然後，有多少次，
在夜夢裡，你仍然會為著自己犯過的錯，
而造成以後的不可挽回，

一直自責、反省、追悔不已。

每一次，你都只會看到他冷漠的臉，

每一次醒來，你都會感到嚴重的失落感。

在他面前，你不敢再犯半點的錯，

只是也不敢再越界踏前一步。

你以為，只要自己改好了，

只要自己可以變得更完美，

有天就會挽回他對你的尊敬，

他對你的喜歡，他的珍惜，

之後，你就可以再一次跟他無所不談，

可以再一起同行共老……

只是你再委曲求全，

你還是只能在他的身上，

找到他對你的冰冷和無視。

有多少次，因為他一句難堪的話，

而心痛到失眠。

你問他，你真的犯了那麼嚴重的錯嗎？

嚴重到不再值得他的溫柔；

但是他始終不會對你有更多的解釋，

始終都將你視作一個，

彷彿從來沒有親近過、
也不值得再靠近的陌生人。
漸漸你也開始變得討厭自己，
彷彿自己這個人，
再沒有被人喜歡、被珍惜的價值。
直到哪天，他不想再與你有半點牽連，
將你封鎖、拒絕再與你有任何接近溝通，
你再做些什麼，他也不會給你任何反應……
你知道一切已經完了，
只是你的心裡，卻留下一道看不見的傷。
往後數年，你偶爾都會反問自己，
為什麼會被他如此丟棄，
為什麼如今還要因為這個人，
而夜不成眠……

而他是不會知道，不會有半點在乎。

最傻的是，為了成為他心坎裡的第一名，
於是無止境地反省自己

你相信，
如果有天能夠變得更完美，
就可以得到他的認同，還有喜歡。

即使在這過程中，
你已經自我反省了很多很多次，
甚至有多少次，陷於那個自我質疑的深淵裡，
漸漸變得不懂如何放過自己，原諒自己。

但他還是不會欣賞你所付出的一切，
他隨便一句話，就可以讓你變得無比卑微。
他的一下皺眉，都可以讓你失眠、想得太多。

然後你有天終於發現，
他需要的其實並不是你變得更完美，
他真正追求的，
其實只是一種想像中、或回憶中的美好。

他心裡的第一名，永遠都不會屬於你，

永遠都會是一個他尚未可以追到的幻象。

而他將那一個幻象所擁有的條件，

在有意無意間放到你的身上。

曾經他以為，只要你能夠達到某些水準，

自己就可以變得更加喜歡你；

然後你漸漸也跟他一樣相信，

這一個其實不一定變成事實的期望……

直到有天你和他終於發現，

他所追求的，並不是你變得更好，

而是他心坎裡的一個幻影，一個已經錯過的誰。

可是他未必會願意承認這一個真相，

也未必會向你坦白這有過的心理，

可你還是拚命想去爭取更前一點的位置，

想要他終於會變得由衷地、認真地，

只在乎你這個人，只想要你這個人……

但來到這天，

他已經不需要再從你的身上，

去追尋某個始終得不到的影子。

而你卻依然會苦苦堅持，

依然會一直許願，

有天可以得到他的注視，他的多一點憐惜……

有天，終於他會喜歡你的這一個結果。

有些寂寞是，你會太掛念誰，
但是那一個誰，從來不會太掛念你

一直以來，你希望成為對方的依靠；
可惜的是，他最後成為了你的刺痛。

為了可以更加靠近他，
你學會了溫柔、堅強，
也學會了如何面對孤獨，逃避寂寞，
直到有天，你終於明白，
或是被迫去接受，有些事情其實不可以勉強。
你待一個人再好，也不代表對方一定會欣賞，
或是回應，以至回報……

即使你因他而受傷，即使他也知道，
但你還是會笑著跟他說，
沒關係的，真的沒關係，
不想他有任何掛慮或壓力，
也不想他會發現你的卑微。
然後，他真的完全沒有一點在意。

然後，你繼續一個人去演這一齣沒結果的戲……

有些掛念是，你明知道沒有結果，
但是你仍然會掛念下去，
也不會再執著，那誰還會有多少在乎。
有些寂寞是，你會太掛念那一個誰，
但是那一個誰，從來不會太掛念你……
在夢裡，有多少次，
你都想可以永遠靠在他的身邊，
想要好好地愛，好好地被愛。
但每次醒來，你都會笑自己傻，
都會想，為什麼這一場夢，
始終會完，始終未完。

為何始終執迷，
那一個不會等得到的誰

有些疲累、執迷，
不是因為從未得到過，
而是我們不願放棄，也不想承認，
對方其實從來都不屬於你，
還以為，自己差一點就會得到，
還相信，自己只要再努力多一點，
犧牲再多一些，就可以換到他的喜歡。

只是後來，
不肯放手，依然苦苦追尋，
結果還是換來更多的厭棄與失望……
是因為你真的相信，
如果有天終於可以等得到他的回眸，
一直紛擾不安的那一顆心，
應該就會可以變回從前的安然平靜吧？
以後，自己不會再為一些無法改變的事情，
亂想太多，不會一而再地鬱結、失眠……

你仍然會奢想，

如果得到他的一點喜歡，一點溫柔，

自己就可以跟其他人一樣，

有自信地去過快樂寫意的人生，

不會再被別人討厭、捨棄、冷落，

也不會再無止境地，一個人想得太多，

在迴圈裡將最後的期待和願望封塵埋葬……

只要可以等到他，只要可以陪在他的身邊，

你相信自己就會變回那一個，

從前快樂自信自由自在的你，

從前那一個，還未認識他的你……

只是，來到這夜，

你還是等不到他的回望，

還是得不到，那點不屬於自己的溫柔與泡沫。

你再放不開，再難過，

彷彿也只有你自己一個人可以明白，

彷彿就只能夠抱著那一點卑微與刺痛，

一同迷失，一同入夢……

但其實，

等不到，始終不能夠擁有，

並不等於我們就只能夠這樣繼續難過。
即使哪天，你終於可以換到他的一點憐憫，
也不等於以後自己會真的變得好起來，
不等於，已經變得滿身傷痕的你，
可以立即再次回復到往昔的快樂自信。
需知道，愛需要時間來證明，
痛需要時間來稀釋。
其實……
你不一定真的要擁有過這一個誰，
才可以變得真正的快樂，
才可以離開那一個夢魘。
只是，你始終不想相信，
自己能夠就這樣子得到挽救，
得到自己的原諒。
你始終相信，自己差一點就可以等到，
就只差一點點，你就可以贏到那一個人的真心……

然後，你疲累到再也無法去改變現狀，
然後，你問自己是不是就要如此放棄。

有多少人，可以讓你如此心甘情願，
如此不求回報

他對你不好，你彷彿已經習慣。
他偶爾對你笑，你就已經心滿意足。

他失約了多少次，你逐漸學會不計較。
他碰巧記得你的生日，你感恩地當成奇蹟。

他總是冷淡待你，
你再委屈，也不敢抱怨。
有一次他問你，他對你是否很差，
你立即表示不同意，還說是自己要求太多。

他可以輕易忘掉你的事情，忘掉你，
你開始自責，為什麼沒有讓他好好記住你。
他常常在你面前表現得不耐煩，
你苦笑，暗責自己是一個不討好的人。

他已經很久沒有找你，

但你還是不敢錯過他的來電。
他從不會回覆你的短訊，
你卻依然習慣每天醒來檢查手機。

他沒有為你做過什麼，
但你每年依然想要為他慶祝生日。
他將不喜歡的禮物都送給你，
你明明知道，但依然珍而重之地藏在抽屜。

他只有在他寂寞的時候才找你陪伴，
你試過太多次，但還是盡量想讓他高興。
他總是在找到別人陪伴後立即捨棄你，
你每次都感到難堪，但始終會笑著跟他說再見。

他……

別人都說，他對你這麼差，
為何你還是要對他這麼好，
為何不可以對自己好一點，
去改變這一種卑微的現狀。
但你說，其實他也沒有對你不好，

其實他偶爾也有關心你，

偶爾也有把你當朋友，

偶爾，你也可以聽他的心事……

其實，你覺得自己並不如大家所說的，

那樣卑微……

然後你說，

如果真的把你當朋友，

就不要再說他的不好，

就不要再說你太卑微。

你就只想跟他繼續做一對朋友，

就只想，可以繼續對他很好很好，

只要他開心，你就會開心，

只要他還會記得你，你就已經心滿意足……

即使你曾經受過多少委屈，

即使就真的只有他這一個人，

可以讓你如此卑微，

然後可以讓你繼續心甘情願，

每天醒來，他依然會是你最想要達到的目標。

也許，他只是從來沒有察覺你的苦衷而已，是嗎？

有些人，或許從一開始，
就是與自己活在不同的世界裡。

即使你們生活在同一個城市，
過同一樣的生活，但誰比較認真，
誰首先對另一個人有太多在意，
就彷彿已經從此決定，
你們往後所身處的高度，還有位置。

也因此，
無論你有多委屈，有多難受或無奈，
他都不會有太多感受，或同理心。
因為從他的高度，他不可能看見，
他不會想到你會有什麼苦衷，
不可能會想到，原來你是付出或犧牲一些什麼，
才可以繼續留在這個他看得見的位置……
也不可能會明白，你是經過多少決心與失望，

才可以如此堅持下去……
對他來說，你繼續留在這裡，
是普通平常不過的事情；
你若要走，他也覺得沒有所謂，
不可能會想到，你是因為真的累了，
你是因為他的始終無視，才會一直想要離開。

你對他再好，
他也不可能會有太多感動。
有時最難耐的，是你需要用盡力氣，
才可以繼續仰望他，
但他以為，你跟他相處於同一個高度。
他以為你可以跟他一樣，
輕鬆自若地靠近對方、或隨時疏遠，
可以任意地去付出或收回關心，
而不會受到太多傷害，換到任何煩惱。
他以為你可以跟他一樣自在寫意，
他以為，有天你也可以輕易捨棄對方，
漸漸離對方越來越遠，漸漸地不再往還……

因此，你有多好，

他也不可能真正明白或理解，
你背後的苦衷，他應該要有一點點感動。
他又怎會明白，在你的微笑背後，
在你曾經的一再主動、
漸漸不敢再主動打擾的那些背後，
原來就只是想要多一點他的在乎，
原來你只是希望，可以一直陪在他的身邊，
偶爾微笑一下，點一下頭，
去做一對好久不見的老朋友，
去做一對可以時常見面，
一起結伴同行到老的，好朋友⋯⋯
如此而已。

然而，在往後的歲月裡，
你和他，還是會漸漸變得不再往還。
他會把你視為一個普通的過客，
就好像從前未認識的時候那樣陌生。
然後，偶爾你會自我安慰，
幸好他始終沒有發現，你對他有過太多認真，
至少你還可以為自己保留多一點尊嚴，
至少，如果哪天你們可以再偶遇上，

到時候，自己應該可以繼續純熟地假裝下去，

自己沒有因為這一個人，而變得太過卑微，

自己依然會對這一個誰，而有過太多念掛……

幸好他從來都沒有發現，

幸好，幸好。

最怕是你又突然想起我，然後讓我想起，
自己不是真的那麼重要

總有些人，
會無緣無故在你的世界裡消失，
但某一天，他又會突然出現，
來向你說一聲好，想和你再友好下去。

最初，你或許不會太過介懷，
會想，對方之前應該有事在忙，
他可能沒有心情見人，想獨自靜靜一個，
所以才會突然消失。
只是當試過幾次這樣的情況，
漸漸你知道，他並不是真的在忙，
也不是真的不想見人，
他依然會和其他人繼續見面交往，
就只是與你單方面斷絕聯繫……
漸漸你會想，是不是自己做錯了什麼，
是不是有什麼地方讓他對你生氣，
因此才會造成他如此的差別對待。

你也試過努力去做一點什麼，

只是你越是投入，越是會感到無法捉緊，

那種若即若離的感覺，

反而讓你漸漸變得不能自拔。

你知道，他並非討厭你，

因為就算你忍住不去找他，

他還是會自己主動過來找你。

只是，你彷彿就只是一個，

可以隨便讓他捨棄的一個路人。

他只會在他需要的時候來找你，

從來都不會將你放在心上，

不會去留意你的無奈、寂寞與困苦，

也不會認真地去留心你的事情，

不會太過關注你的生活與近況。

你喜歡什麼，你討厭什麼，

他從來不會過問或了解，

彷彿你就只需要付出時間，

去迎接他的寂寞與空虛，

繼續去做他理想中的朋友——

一個不需要他去掛心太多，

但是不會離開他的朋友。

你知道，有些人與其勉強留住，

倒不如不要見面，

將對方留在回憶裡默默想念，

對彼此反而更輕鬆。

只是，你不找他，

不代表他不會找你，

每一次他都會在自己預料之外的時候，

主動來撩起你的期待與關注，

甚至牽動你以前有過的心跳，

一些始終無法平復的渴望與遺憾。

因為他知道，你不會拒絕他，

當你這天仍會對他有太多執迷，

想挽回自己從前錯過的快樂與溫柔，

想要去知道當時為何錯過、他內心的真正答案……

你在他的面前，根本就毫無抵抗之力。

在他需要你的時候，你就只會讓他好好依賴。

即使你其實也可以預期得到，

他之後可能會再一次離你而去、消失不見，

但你還是會寧願貪求眼前的那一點溫柔，

告訴自己，至少在他最失意的時候，

在他未找到別人的時候，他還是會記得來找你……

至少你的付出你的好，並不是全無價值，

至少你還是在他的心裡，佔了一個位置……

然後，

當你試過太多次這樣的虛甜，

也累積太多已經化不開的澀，

已經再不是他的一聲問好或一個笑臉，

就可以輕易抵消得了。

偶爾你會想問，他到底是你的誰呢？

為什麼會讓你如此放不開，

為什麼可以讓你一再輕易失陷，

卻又始終不會將你完全拯救出來，

就只會由得你一直掙扎，不要離開他的世界。

只是每次在你想要問他之前，

他彷彿也感應得到你的疲累，

在你想要開口之前，再一次突然消失遠走。

直到有天，你開始對這份迷失感到麻木，

直到你快要忘了他，打算再重新出發的時候，

他才會再次出現在你的面前，

想與你再次飾演那一對，很久不見的好友，

始終不會在一起的好友……

但他真的是你的好友嗎？
你真的可以繼續去做這一種好友嗎⋯⋯
一季又一季，一年又一年，
這些年月以來的苦澀與寂寞，
哪天，你又可會真的願意向他說清楚，
哪天，你又是否真的可以為自己勇敢一次。

與其說他始終讓你猜不透，
不如說你只是不想這故事太快終結

總有些人，
讓你始終無法猜透。

他有時會主動找你，
但不是每次都表現得想要見你。
他可以很久都不與你聯繫，
偶然在街上遇到，他又會表現得無比掛念。

他近來會很快回覆你的短訊，
但有時可以隔天都沒有半個回覆。
他總是會突然離線、已讀不回，
你以為話題盡了，第二天他又會回覆半句。

他有時會答應你的邀約，
但是你試過幾次他的突然失約。
他也試過主動邀你上街，
只是你清楚感受到他的心不在焉

他偶爾會對你很溫柔，
但你無法明白他真正的用意。
他偶爾會讓你有被倚賴的感覺，
只是你從來沒有與他做到真正同步。

他對你總是表現得若即若離，
但你曾經感到一種他不捨得你的疑似錯覺。
他有時會忘掉與你的重要約定，
只是當你忘掉他的說話，他又會表現得不高興。

他偶爾會在臉書放上和別人的合照，
但你的照片從來不會出現在他的帳號裡。
他從來不會讚好你臉書的任何分享，
只是當偶爾碰面時，他又會知道你網上的最新動向。

他不開心的時候，偶爾會主動和你分享，
但是陪在他身邊解悶的人，總會是其他朋友。
他心情不錯的時候，你總是很難找得到他，
漸漸你學會不再主動打擾，直到他遇上其他的不快樂。

他旅行的時候，偶爾會寄你明信片，

讓你以為自己有在他的心裡佔一席位。

他與別人展開新戀情，你通常都是很遲才知道，

曾經你以為他刻意如此，漸漸你知道這不代表什麼。

他對你說過友誼永固，

但你不敢期待這份情誼有多長久。

他說他很在乎你的感受，

但你一再說服自己不要太過認真。

他很喜歡你留在他的身邊，

但你曾經試過走遠他也恍如不覺。

他讓你有過無數次曖昧錯覺，

但每一次他最後還是會選擇別人。

與其說，總有些人，

會讓你始終無法猜透，

不如說，你不是猜不透，

你只是不想太快去接受這結果。

為了他，你花過多少心神和時間，

去了解他，去關懷他，

期望有一天，終會得到他的回饋，

他的認真、欣賞與認同，

期待有一天，他不會再離開你的身邊。
只是你始終未能如願，
只是你始終不想這一個故事，
太快終結⋯⋯
然後，在一直的患得患失之間，
在無數次的不安與失望之後，
你為自己又再設定一個虛假的命題，
而猜想他心裡有沒有一個真正的排名，
去告訴自己，你們還有可能⋯⋯

Let you go
Before I let go

但其實，
你是早已經猜到那一個結果。
你只是想讓自己再留多一點時間，
去好好記住這一個人、這有過的一切，
這一個能夠讓你甘心如此下去的身影，
這一切似有還無的卑微曾經。

你所追求的，是一個在一起的機會，
還是一個失戀的資格

有些人，
會友好，但不會親近；
會交往，但不會交心。

你們會加對方的臉書，
會讚好對方、會在留言裡輕鬆說笑；
你們會偶爾見面聚會，
會說說近況、會一起拍照留個紀念。
你們會珍惜這份情誼，
會在對方生日時，送上祝福的短訊。
你們會關心支持對方，
會在對方失意時，給予真誠的問候，
會在對方最需要有人傾訴或陪伴時，
對他說，別怕有我在⋯⋯

但縱然如此，
你們始終不會交心。

不是你們並不友好，
不是他對你不夠好、不重視你這一個人，
但你知道，對一個人好，
有不同的程度，
而自己只不過是他的一個普通朋友。
他重視你，但他重視的，
是你們的情誼，
並不等於他也會跟你一樣太過重視，
這一個其實你認真想要跟他一起的人。

和他在一起，
並不是只想跟他一起吃喝玩樂，
並不是只想與他結伴同遊、暢遊天地。
你實在無法滿足於，
在一大群朋友聚會裡與他打一聲招呼，
然後就再沒有交談的熱鬧氣氛。
你也實在沒法接受，
自己只不過是他一個，
可以傳他生日短訊的朋友，
但始終不可以約他見面慶祝，
不可以親手送他一份太認真的禮物，

不可以聽他親口分享他的生日願望……

然後直到，在他偶爾想起你的時候，

才跟你說希望你們能夠友誼永固，

一起成長，一起變老。

你心裡所祈求的在一起，

並不只是這一種一起成長的情誼，

你有多想讓他知道這個心願，

但你明知道他最喜歡的人，並不是你，

你知道他心裡早已經有更喜歡的人，

他的身邊早已經沒有讓你留守的位置。

你知道自己應該要放棄，

不應該再退而求其次、

去當一個其實不想去做的朋友角色。

但每次當他傳一個短訊過來，

說很掛念你、說不如約出來見見吧，

你還是會在猶豫太多太多後，

一再答應那一個不應繼續下去的邀約。

即使你知道，就算見面，

你們始終不會真正交心，

你不會向他表露你的心意與認真，

他也不會探問你言不由衷的真相，
在你尚未勇敢地表白之前，
你就已經得到最不留痕跡的拒絕……
即使其實，如果可以，
你也好想為他不顧一切，
去對他好，去讓他得到快樂幸福……
即使，如果可以，
你也好想被他重重傷害一次，
為他心痛，為了他的優柔寡斷，
而輾轉反側……

但這些情況，
不會、不可能、不可以在你們之間出現。
你們之間，就只會是一對朋友，
不會出現已讀不回的難堪，
不會發生似有還無的曖昧，
不可能會出現，你為了等他的一個答覆，
而等到心痛心碎失落無奈無助，
也不可能有機會去為他犧牲一次，
就算是明知道沒有結果，但你還會心甘情願……

不會，不可能，不可以。

縱使他從來沒有親口說不，

但其實從最初開始，你就沒有失戀的資格。

你就只是他的朋友，

他也真的把你當作一個，

從不會拒絕他的朋友，

一個就算很久不見，

但仍能友好如昔的朋友，

一個就算再如何難過，

但還是會繼續交往的好友……

一個永遠帶著距離，

不會被他拒絕，也不會更加接近的好友。

比起那些曾經被他拒絕、不會再見的過客，

你至少還可以得到他偶爾的溫柔，

至少還可以偶爾與他結伴同遊，

至少，偶爾當你們很久不見了，

你仍可以默默地、自在地想念這一個人，

可以傳他短訊，簡單問好一下，

然後看著他的已讀不回，想像他可能在忙，

想像他之後終於回覆自己的時候，

不要讓他感到太多壓力，

不要讓他發現，你對他仍有太深的念掛……

直到哪天，
你終於不想再這樣下去，
你終於找到另一個人，
可以毫無保留地喜歡對方、關心對方……
又或是，在哪天，
你們終於變成不會見面、只會懷念的朋友，
你不用再配合他的期望，繼續假裝做他的好友，
結果累積更深的倦，埋下更多沒有結果的刺……
在那天來到之前，
你還是會和他這樣友好下去，
去做他故事裡的其中一個配角。
就算再痛苦，你都會一笑帶過，
就算再孤單，你都會告訴自己，
這一切其實就只是你自己想得太多……

其實自己不會得到一個失戀的資格。
再痛再累，也是不會得到別人的欣賞與同情。

02／

耿耿於懷

誰也會走，卻只有他，
依然可以讓你如此耿耿於懷。

後來，
偶爾回看他的訊息、他的照片，
仍是會想去問他為什麼會突然消失，
仍是會想簡單的說一聲晚安。
只是最後，你寧願讓一切全部刪除，
不想讓他知道你還會在乎，
不想再去反問自己，
明明已告訴自己是最後一次，
但為何還是會有再下一次。

後來，
偶爾在聚會裡碰見他，
都不會再看到他的笑臉。
彷彿你們的認識只是一場誤會，
那些耿耿於懷，
原來就只是對自己的一場懲罰。

他有多好，你也無法擁抱。
你有多好，他也不會想要

難耐的是，你明知道如此，
但你還是想要繼續靠近這一個人……
並不是為了可以得到一個擁抱，
而是希望哪天他會對你好一點點，
可以在他的心裡留下一個位置……

即使其實，
你已經為此而付出了很多很多。

難耐的是，他明知道如此，
但他還是想你繼續留在他的身邊……
並不是因為他真的需要你的好，
而是希望哪天你會放下這點情感，
可以成為他心目中想要的好友……

即使其實，
他是有多清楚你的無奈與認真。

然後，沒有人敢去揭穿真相，
始終沒完沒了，徘徊不前。

然後，沒有人敢去改變現狀，
最後漸走漸遠，不相往還。

很多年後，
你偶然想起，曾經有過這樣的一個人。
想起，你試過對他有過太多期待，
還有被你掩藏的無數困倦與失望……
後來你始終無法在他的心坎裡，
留下一個重要的位置，
這些年來，他從來都沒有主動聯繫過你……
但他的手機號碼，他的生日日期，
他 IG 的帳號 ID，他最喜歡聽的那一首歌……
你依然都記得太清楚。

後來你沒有試過，
再對另一個人如此用心記住對方的一切。
你知道以後都不會再有。
只是那一個人，始終也不需要這一個你。
嗯。

Let you go
Before I let go

有時沒有回應，也是一種回應，
用無聲的疏遠，來代替說再見

他從來都不會拒絕你，
也不會直接地對你說，不喜歡你。

他想你做些什麼，
或不想你做些什麼，
他也不會向你直接說明，
彷彿只能靠你自己意會，
彷彿你已經練成一種厲害的直覺。

但你就只不過是一個普通人。
你沒有厲害直覺，就只有擅長猜度與不安。

只是一點一點的累積冷漠、逐漸疏遠，
一次又一次的已讀不回、甚至不讀不回，
你還是確切地接收得到，
還是會讓你感到心灰意冷。
彷彿你連他直接拒絕你的資格，

也無法得到。

過去你所付出過的一切，
彷彿比起他新相識的陌生朋友，也不如。

直到哪天，
你不想再如此卑微下去，
你決定放棄了，決定要遠離他的支配……
你才發現，才終於接受或承認，
其實他已經早就走得很遠很遠，
其實你不需要再刻意遠離他，
因為你從來都未可留在他的身旁……
原來，他寧願對你用這一種無聲的方式，
來代替向你說再見、不要再見。
原來……

一切就只不過是你一個人，
過度執迷，入戲太深。

你努力討好他，他盡力討厭你，
而你還想著要與他和好

．．．．．．．．．．．．．．．．．．．．．．．．．．．．．．．

其實你知道，

任何一段關係，如果其中一方，

長時間都處在一個不對等的位置，

付出太多，或卑微太多……

就算對方最初會感謝，偶爾會回報你，

但當日子久了，當他並不需要任何付出，

而你還是會鍥而不捨地堅持下去，

漸漸，對方就會對你的好習以為常，

甚至會覺得你的討好，

是一種理所當然的存在，

他值得擁有，你應當盡力維持下去。

然後，有天你忽然覺得，

這樣的付出其實是有多不公平。

你希望對方可以待你更好，

至少要有多一點尊重與認真……

你不想再這樣單方面討好下去了。

但是，就在你稍微堅持的一剎那，
對方就已經覺得你的提議是一種冒犯。
對他來說，你的要求，
根本就是強人所難，
因為他認為自己一直都對你認真與尊重，
也認為你從來都不是一個計較的人，
你，變了，自私了，會計算了，不再一樣了……
就算你以前付出過多少的好，
但他可以找到你更多的不對，
並將一切一切都完全推翻。

Let you go
Before I let go

彷彿是重新計分，
彷彿你們從來沒有認識，
他可以立刻不再找你，不再理會你。
即使你後悔了，不需要他有任何改變，
但他還是表現得討厭你，
彷彿那天你的認真與執著，
是對他的一種背叛，讓他可以認清你的私心。

而你撫心自問，
其實就只不過要求他對你有多一點尊重，

其實就只是不想再這樣單方面討好下去，

其實……就只是有這一點點兒私心，

不想再處在一個總是仰望的位置，如此而已。

但原來這樣的想法與念頭，

對他來說也是絕對的不對，

不應該提出、強求，

不應該嗟怨，也不應該離開。

你是應該繼續默默堅持，留守在這一個你位置，

去做他理想中的朋友，或其實只是一個附屬。

不要想，這樣子下去是否不對等，

只要想，如果可以繼續不求回報地微笑付出下去，

就已經足夠……

其實你知道，

任何一段關係，如果其中一方，

長時間都處在一個不對等的位置，

當日子久了，

漸漸你就會變成一種理所當然的存在。

你是清楚知道的。

你也清楚知道，自己不應該再委屈自己更多，

不該對這一個不懂得珍惜自己的誰，執迷下去。

只是不知道從何時開始，
你也終於變得習以為常，
不敢反抗，也不敢離開，
只要情況沒有變得更差，
你也開始變得甘之如飴……
而他明明已經表現得如此討厭你，
但你還是會想著如何才可以與他和好……

還是會想，
如果那天自己不那麼執著，
是否就不會得到這一種結果。

有些無奈是，他只有在需要你的時候，
才會記起你這一個朋友

其實你都不能肯定，
自己還算不算是他的真正朋友。

每次他找你，
總是有什麼事情想要請你幫忙。
當他在訊息裡，問你有沒有空講電話，
你就知道，他是想跟你傾訴近來的苦水，
例如他最近遇到的各種不如意事，
例如別的朋友怎樣冷落及無視他的感受，
例如那個你不認識的誰，怎樣背叛他的信任，
例如那個他依然在意的誰，
最近忽然又重新找回他……
然後等他說完了，他感到滿足了，
他卻不會問你的近況，
說完了，就不會再有其他的交往。

掛線後，

你總會開始不由自主地想起，
自己在什麼時候，
也曾經嚐過這一種滋味……
在他每次認識了新朋友的時候，
他總是沒空回應你的邀約。
你傳他短訊，他常常已讀不回，
他說他很忙，但你不只一次，
看到他在凌晨時分不斷離線又在線，
卻始終不肯回應你的一句話，
始終沒有想過要來找你。
平常，他都不會主動約你見面，
即使他都已經約過其他朋友，
但始終不會邀你一同聚會。
直到很久以後，別人無意中提起，
你才知道原來曾經有過那樣的一次聚會，
才知道原來自己是被他排除在外。
而每當你想約他，他也總是很忙，
最多偶爾可以抽一個小時，
陪你吃一餐晚飯、聽他說說他的近況，
而這樣的交往，卻沒有讓你們的關係與回憶，
變得更加深刻。

有多少次，你曾經反問自己，

其實你並不算是他的朋友吧。

至少在你的標準裡，所謂朋友，

並不能夠被這樣子的態度一再漠視，

就算曾經的情誼再深，

但也是需要顧及彼此的感受，

需要互相了解及尊重對方的想法……

但每一次，他總是想表達他自己的感受，

多於想要知道你的想法。

但偶爾，他又會煞有介事地對你說，

你們是認識很久的朋友，

他懂得你、了解你，

你卻不敢認真細問，他最了解你的一些什麼，

不敢告訴他，其實他並不是真的了解你的近況……

怕他之後又會突然不再找你，

也怕他會像那一年、那一次，

因為你沒有順著他的意思，忽然生你的氣，

然後有一段很長很長的時間，

他都沒有再給你解釋的機會……

然後直到有一次，

他遇上了一件極度不快的事，

你碰巧有空可以聽他的傾訴，

你們的交往才重新開始。

但其實，如果你不主動找他，

他也不會去找回你。

如果你放棄了，他似乎也沒有太多在乎。

而你依然會為著上一次他的不告而別，

一直耿耿於懷，一直都無法再向他好好剖白。

後來，你只好安慰自己，

這就是他與朋友交往的方式。

即使你是知道，他對別人比起對你要好，

他與其他朋友見面的次數，

比起見你還要多很多很多……

你安慰自己，也許這就是你與他的相處方式。

在他的心裡，你的位置也許與別人有一點點不同，

並不是普通的朋友，也不是要好的知己，

就是一種連你自己也說不清楚的感情……

就彷彿是一種需要與被需要的關係，

只有他需要你，你才有被需要的價值，

而你是沒有權利向他要求太多。

就彷彿這是傳說中，

君子之交淡如水的那種關係，
淡然得，他都不會關心你的感受，
淡漠到，你都不再要求他的認真……

然後有天，
你無意中看見網上流行的佛系語錄，
忽然你明白，你和他之間，
也許原來就是所謂的佛系朋友——
不主動問候，不強求回覆，
不敢去打擾，不執著再見。
緣分到了，
你就會收到他的短訊或來電，
請求你幫忙、或要你聽他訴苦……

然後，過後，
你們又會回復各自修行的那種關係，
緣分完了，你又會再次為他的心事，
想到失眠。

只是這一個人，
並不是一個可以說忘就忘的過客

有些人越是想靠近，
但感覺卻越是疏離。
往往，當你想要去了解他更多，
最後反而會讓你找到更多問號。

你知道在你身邊，
有其他更多值得去關心的人與事。
他不值得你花費更多的時間與心力。
只是你心裡念念不忘的，總是這一個人。
你可以暫時放下其他的煩惱與疑問，
只是當那些事情與他有關，
你就是會不自覺地變得在意。
即使你們其實只不過是一對普通朋友，
即使你們以後也未必可以有更深的發展，
但是在你心裡，這一個人，
並非一個可以說忘就忘的過客。

曾經你期待過，

可以和他走得更遠，可以與他同行共老。

只是後來，一切都不似預期，

他漸漸走遠，你一顆心落了空，

以後都無法忘記他的身影，

甚至變成了你的一個遺憾。

除了因為不能再與他結伴同遊，

也因為你後來漸漸發現，

自己其實從來沒有真正認識過，

這一個人……

你可以記得他的笑臉，

但是你不能確定，他當下的那一抹笑容，

其實是為了誰而微笑，

其實他是不是真的快樂。

你們曾經有過幾次徹夜長談，

只是你又真的了解，

他的心事，他的理想嗎？

在那月那夜，你們為對方消減了彼此的寂寞，

只是你後來才感到後悔，

自己當時為何沒有嘗試去理解，

他是因為哪些事與人，而感到寂寞。
那時候，你以為他也跟你一樣，
是因為太掛念對方，所以才會主動靠近……
但如今你知道，這只是你單方面的入戲太深。
他的寂寞，可能本來與你無關，
可能與其他人有太深的關連。
你可以幫他解開那時候的孤單，
只是他始終沒有讓你繼續陪他走下去。

始終未有將他自己的真心，與你分享。

也因此，之後才會讓你更耿耿於懷，
自己原來沒有真正認識過這一個人……

這一個以後可能沒機會再重新認識的誰。

就算在短訊裡談得再多，
也無法拉近兩個陌生人之間的距離

每次收到他的短訊，

每次他提出想找你聊天，

你都會安慰自己，至少他還是會來找你了，

至少，他沒有將你完全忘掉。

即使你早已知道，

他找你，不過是想有個人陪他聊天。

聊過後，他不會再繼續找你，

談得再多，也不能證明你們之間有過一些什麼。

你知道的，和他談天的人有很多很多，

有很多人都願意跟他親近友好，

而自己就只不過是，

他的朋友列表裡的幾百分之一……

你知道的，每次他跟你談的，

都只不過是他想告訴你的煩惱，

甚至只是想打發一些寂寞的時間。

02
／
耿
耿
於
懷

105

Let you go
Before I let go

談得再多再細膩，
你也未必可以了解他的更多過往，
他也不會對你的近況分享，有太多在意。
你已經試過太多次，
發現原來你從來沒有記住你的說話，
而每次你都要努力掩藏自己在意的語氣。

你知道的，有一些人，
就算在短訊裡談過再多的話，
也無法拉近彼此之間的距離。
談得再深再認真，
也不等於可以提升你與他的關係，
談得再遠再完美，
也是未可和這個人面對面經歷更多。
在那些夜深，
你們會一而再地繼續談下去，
不過是因為想消解一些寂寞。
只是他的寂寞，與你的寂寞並不一樣而已。
他想要的，是某一個人可以陪伴自己，
給予他最需要的溫暖貼心回應，
而不會給他太多負擔、顧慮與責任；

而你想要的，是想更了解這一個人，

這一個自己始終無法靠近的人，

這一個沒有將你真正放在心裡的誰……

而他心坎裡最想念的，永遠都會是另一個人。

無奈的是，

他自己可能也沒有察覺這個事實。

之後的日子，他仍會在夜深人靜，

在某些感到失落的時候，

又傳你短訊問好，想在一個不對的人身上，

尋找一些他想要的溫暖與安慰。

然後，漸漸你也發現，

自己並不可能給予他真正想要的感覺，

但你還是不知道應該如何拒絕，

他的一句問好，還有最後的已讀不回……

每次你都安慰自己，

至少他還是會記得回來找你，

至少，他還未將你徹底忘掉。

至少這一個晚上，

你們曾經一起消解過一點寂寞，
然後留下過一段，
後來只有你會太念掛的回憶。

Let you go
Before I let go

最痛心的是，我們終於承認彼此的不同，
不要再勉強堅持下去

．．．．．．．．．．．．．．．．．．．．．．．．．．．．．．．．．．．．．

無論曾經有多美好，

無論如今有多不捨，

有些事情或許早已註定。

我們無法一起走到最後，

我們始終不能走進對方的內心世界。

我和你，從來都只是兩個沒有關連的個體，

你不明白我，我不體恤你，

那天你要走了，我也不敢去挽留，

昨晚我想你了，也不敢再告訴你知道。

然後，以後，

就只會看著你的限時動態，

你和別人的笑臉與對話，

默默地不忿、惘然、自討苦吃……

以後，最後，

你也會將我的影子放下，

不會再記得，曾經有一個人陪你走到這裡，

曾經有一個人，在你中途離開之後，
但是仍然堅持獨自走完剩下的路，
繼續朝著那一個你早已經放棄的承諾與目標，
或努力地忘記、或默默地回望。
然後哪天，我會在夢中向你道謝，
感謝你陪我走到這裡，
曾經陪我成為一個更好的人……

即使以後你都不會再出現，
即使我們最後，還是沒有好好地說再見。

如果他不想為你停留，你的不離不棄，
最後也會變成一種纏繞

你在等他，他也在等別人。

彷彿這是一場，
測試誰更堅持、誰更認真的競賽。
你告訴自己、甚至告訴他，
你會比他更鍥而不捨、更一心一意，
無論要等多少年月，無論他身邊有沒有別人，
你都會等下去。
直到有天，他放棄再等，
直到哪天他終於願意為你回頭一次，
你都會繼續默默地守在這裡，
不會遠離。

只是，
即使你可以比他更堅持、更長情，
他最後也不一定會選擇跟你在一起……
當他有天清醒，不再執迷於一個得不到的幻象，

你又會是他最先想起、最想見到的人嗎，
你又能否成為他理想的戀愛對象，
會不會從一開始，
其實你就已經被摒除在選擇的範圍之內，
只是他之前從來沒有好好確認過，
只是你之前也無法承認這個現實……
然後有天，他找到另一個人，
不會再讓他空等，也適合陪他走完之後的餘生，
他終於找到了他想要的幸福。
在你還來不及接受與適應，
他就已經決定跟那一個人共偕連理，到老白頭……

即使你再虔誠或堅持，
他還是不可能為你停留，
到最後，你還是未可在他的生命線裡，
留下半點痕跡。

那再繼續等下去，
又是為了什麼……
再等多一年、五年、十年，
又是否會等到你最後想要的結果。

不如，下次不要說下次再約，
試著說再見，或不要再見

不要說，我忘不了，

試著說，我只是記性太好。

不要說，我真的很累，

試著說，我休息一下就會好了。

不要說，我已經付出了很多，

試著說，有些事情並不是這樣計算。

不要說，是我犯賤，

試著說，我覺得值得，就已經足夠了……

不要說，你完全沒有顧及我感受，

試著說，沒關係，真的沒關係。

不要說，你一點都不了解我，

試著說，我其實也不太了解我自己。

不要說，為什麼常常已讀不回我的短訊，

試著說，其實也沒什麼緊要事，不用急著回覆。

不要說，不是只有你的事情重要，我也有事情要做，

試著說，沒問題，我剛巧有空，我現在就來……

不要說，對著我，為什麼你總是不開心，

試著說，對不起，是我不好。

不要說，為什麼總是會忘記我的事情，

試著說，不要緊，就只是我自己太上心而已。

不要說，你真的在乎我這個人嗎，

試著說，我相信你，我在乎你，就行了。

不要說，可以對我好一點嗎，

試著說，其實你已經對我很好的了……

不要說，這樣付出下去，值得嗎？

試著說，沒所謂值不值得，只要他幸福就好。

不要說，我覺得自己像一個傻瓜或小丑，

試著說，至少我還能夠靠近他的身邊，逗他歡喜。

不要說，他為什麼可以這麼冷漠絕情，

試著說，他也不會欺騙我，就連一點虛情假意也沒有。

不要說，那為什麼他不跟我斷絕往來，

試著說，至少，我還可以繼續喜歡下去……

不要說，喜歡你，

試著說，我只想和你友誼永固。

不要說，為什麼你不喜歡我，

試著說，我早就知道了。

不要說，你當我是什麼人，

試著說，我永遠都會是你的知己。

不要說，我連你的普通朋友都不如，

試著說，算了，我不想再計較下去了⋯⋯

不要說，為什麼你有事才會來找我，

試著說，你還記得我，我很高興。

不要說，你當我是心事回收箱嗎？

試著說，謝謝你和我分享你的煩惱。

不要說，你喜歡就找我，不喜歡就不理我，你當我什麼？

試著說，只要你開心，就好了。

不要說，他已經很久沒有找我，他已經忘了我吧，

試著說，他只是在忙，真的，真的很忙⋯⋯

不要說，為什麼這麼久沒有找我，

試著說，很久不見了，你最近好嗎？

不要說，這些年來我一直都不好過，

試著說，我很好，謝謝你。

不要說，我忘不了你，

試著說，我最近也很忙，沒時間去懷念太多。

不要說，好吧，那下次再約，
試著說……

不要再說，不要再見。

116

你一直祈求他的回應，但最後才發現，
原來自己並不是他的誰

原來，

他從來沒有對你認真，

原來他從來不認為，

自己有需要回應你的義務與責任。

你的祈求，

是你的自作多情，入戲太深。

你的堅持，

都是你單方面的做得太多，

想得更多，到最後都反證是你自己的錯。

然後在一直祈求他回應的同時，

你的底線、尊嚴、理想與勇氣，

漸漸變得無可再低。

曾經你以為，

自己可以為別人而變得更堅強，

但最後反而，為了可以更接近對方，

結果讓自己變得更傷痕累累。
你的堅強對他來說彷彿沒有意義，
再投入更多心力與時間，
也無法與他的真心牽上太多連繫。
你再努力，再勇敢，
也只會成為你無法放過自己的執念，
也讓你無法再好好面對自己的軟弱。
越是想要更堅強，越是感到更卑微。
越是無法得到，越是不可釋懷。

到最後你才想起，真的，
他的確沒有必須回應你的義務與責任。
即使你對他再念念不忘，
即使他讓你有過多少希冀與快樂，
但你是你，他是他，
本來沒有朋友之外的名份，
本來你們不會有太多交集，
本來就會和大多數人一樣，
熱鬧過後，以後應該要繼續擦身而過，
不再往還，不再打擾。
其實你早就已經太清楚的事實。

是你一直不想承認、自欺欺人，
是你仍然相信，他還會對你有一點認真，
還是一直為他執迷不悟、付出所有的你，
害怕自己已經再沒有力氣去重新開始，
重新去投入另一段關係，
重新勇敢去愛另一個人⋯⋯
你不是不知道應該放棄，
你只是沒有信心，
會遇到另一個比他更值得的人。

只是他再值得，
這天醒來，你還是會反問自己，
是不是應該要清醒了⋯⋯

是不是自己後悔得太遲。

你知道嗎，看著一個人離自己越來越遠，原來是會有多麼疲累

有時你會想，
如果你們從來沒有親近過，
來到這天，是否就不會再這麼難受？

是因為有對比，
是因為你們之間曾經可以推心置腹，
可以無所不談，總是意猶未盡。
那個夏季，你曾是他的第一選擇，
那個星期，他每天都與你結伴同遊。
只要你哼起一個旋律，
他就會立即猜到是哪一首歌。
只要他有一刻突然靜了，
你就會猜到他可能需要止痛藥。
別人總說你們充滿默契，但你們都知道，
你們就只不過是真的有將對方放在心上，
如此而已……

有時無奈在於，
你們經過這麼長的時間，
互相了解、一同經歷成長，
但到了最後，彼此還是恍如剛剛認識一樣，
客氣、婉轉、融洽、小心翼翼。
不會說太直接的話，不能暴露太多的內心戲，
即使你們仍然還在對方身邊，
即使你們仍然會眼睜睜看著，
對方離自己越來越遠⋯⋯
直到哪天，他依然會留在你的回憶裡，
但是你們不會再出現在對方的眼前。

那一種痛，還有疲累，
你以後都不想再遇見。

有些約定，並不是用來實現，
而是提醒將來的自己，不要太輕易忘記

就算，

他曾經與你有多友好、有多親近，

就算，你們如今已經不相往還，

而你還是會因為他的一點近況，

而太過在乎……

但你知道，

你們曾經有過的那些約定，

從今以後，還是不可能再實現得到。

那些勾過的手指尾，

那些曾許願的友誼永固，

那些說好的旅行，

那些如今只有自己去看的演唱會……

其實來到這天，

他都未必還會記得，還會在意。

只是，你仍然會一直小心記住，

提醒自己，曾經如此認真喜歡過這一個人，

提醒自己，有些事情是已經不可以重來……
是因為不可以重來，
所以才想要更加記住嗎？
還是，你仍然奢望，
那天他可能會回到你身邊，
到時候，你們就可以再次延續，
那些未完的夢，那一個你最想完成的約定……

只可惜，
這一個你依然最放不下的人，
最後還是將你們有過的承諾與期待，
都提早終結，都一一斷送。
你的不捨得忘記，
後來都變成了一場自我懲罰……
為什麼會和這一個人就此錯過，
為什麼還是要為這一個誰，
太過在乎。

如果他始終不會懂你的鬱結，
你又何必再去執迷他的傷害

有些無奈是，

你努力將自己改變，

變得更好，更堅強，更溫柔，更漂亮，

變得不再像從前的你，甚至變得面目全非。

但是努力到最後，

你始終無法改變某一個人，

始終無法在他的心坎裡，留下一個位置。

就算有多努力想要留住對方，

但對方還是會漸走漸遠，

不會為你停留，也不想為你有任何改變。

為了不想被對方捨棄，

於是你繼續去改變自己。

但就算再努力堅持，

甚至終於變成他心目中的理想，

但到最後可能都改變不了，

你們漸漸變成陌路人的這一個事實。

即使如今，你仍是會不能自拔地，

去對他好、想對他好。

彷彿這已經是你生活裡的一個習慣，

彷彿對於你甚至他來說，

這已經是一種理所當然……

但你偶爾還是會反問自己，

為什麼他始終不明白你的心情，

為什麼他依然不會珍惜你的努力，

為什麼他有時更會得寸進尺、予取予求，

為什麼有天當你感到累了、不想再如此下去，

他又可以立即棄你如遺……

有些人，你待他再好，

他還是不會有太多改變。

不是因為你用錯了方法，

而是在你一直為他執迷的同時，

他也在不知不覺間，

對你累積了一些認定、誤解或偏見，

成為他對待你的態度與節奏，

隨著日子漸遠，這種節奏也是越來越難改變。

你再執意想要他為你改變，

想要他跟你一樣有同等的付出，
但對一個本來不會在意你的人來說，
你再如此勉強，最後最難為的，
還是你自己。

你不是不可以再對他好，
只是何必要讓自己的所有心血，
變成去渴求他回報的一個牢籠，
最後反而困守你自己……
你的好，應該留給更多值得的人，
應該用來繼續灌養你的善良。
你的鬱結，他永遠都不會懂，
即使有天他終於明白，
他也不一定會將你挽救……

其實你不是不明白的，是嗎？

有一種人，不會是真的朋友，
即使你其實有多想，可以與他友誼永固

你知道，如果沒有一點喜歡，
兩個本來陌生的人，
又怎能夠成為一對朋友。

只是再喜歡，你還是無法承受，
對方一而再的無視與忽略、
忽冷忽熱、還有已讀不回。

平常，他不太關心你的事情，
也不會在節日時傳來問候。
但他會為你沒有讚好他的臉書，而對你抱怨，
會為你偶爾沒有找他，而生你的氣。

但每次當你想找他，你未必找得到。
他總有藉口或理由，拒絕或逃避你，
彷彿他有更重要的朋友需要見面，
彷彿要他主動，並不是你應得的權利。

但每次當他想找你，
當他有事相求，他總會對你特別溫柔，
讓你幾乎以為，之前他對你的冷淡，
其實只是你自己想得太多。
可是，當你完成他想要你做到的事情，
他又會立即回復之前的態度，
不想理會你，不再討好你。
他不會明確地將你捨棄，
但那種突然不獲重視的感覺、
還有那一點太著跡的虛情假意，
有多少次還是讓你無處可逃，
感到自己有多卑微可笑。

偶爾你會想，
自己是不是真的不值得他的尊重，
你和他並不是處於對等的位置，
他原來沒有義務去回應你的認真。
在你心裡，他是你的朋友，
但有時你覺得自己更似一個陌生人，
就只是一個可以給予他好處的人，
甚至是一個他寂寞時的玩伴……

當你嚐透了失望，

你或許會開始退而求其次，

就只望可以繼續和他做一對普通的朋友，

不想委屈自己太多，不想再如此不公平，

只是每次你又敵不過他的請求，

然後你反而讓自己留下了更多不甘。

其實你原本是有多想，

和他成為一對可以互相交心的好朋友。

但你太清楚知道，一段關係，

並不是單方面的一再期望，就能夠開花結果。

你只可以告訴自己，對這一個人，

不要太認真不要太在乎，

不要再期待，哪天他終於會認真注視你這個人⋯⋯

何必再為了得不到他的尊重，

而漸漸忘記了自己的價值、忘了喜歡自己；

何必為了這一個其實早已陌生的人，

又再想念到失眠，讓自己開不了心。

只會在需要你時才會出現，

在你需要時他卻總會失蹤，

這一種人，不會是真的朋友……
即使你依然會好想，可以與他友誼永固。

Let you go
Before I let go

有時就只是厭倦了，
再去做那一個最後才會被想起的人

你說，
你真的覺得累了。

是因為，
你已經等了一個人很久很久，
但對方從來都不會對你有半點回應……

是因為，
你的付出始終比不上你的回報，
你的認真總是得不到他的珍惜……

是因為，
你真的厭倦再做一個可有可無的存在，
他不會想念你，但他總會在最後才會想起你……

是因為，
你已經將太多的期望與情感，

投放在這一個誰的身上；
隨著時間、失望與困倦的不斷累積，
你無法再像最初那樣輕易地抽離，
明知道沒有結果，但始終無法放棄，
明知道毫不值得，但依然付出更多……

到後來，你開始習慣對自己說，
不要想更多，只要自己感到開心，
那就已經足夠了……
只要他真的可以找到幸福，
你就已經心滿意足……
即使有多少次，
你一個人走在回家的路上，
感到累了，感到無比的孤單，
好想哭，但是始終哭不出來……

有多少次，你好想告訴他知道，
你的所有疲累、失望、堅持與迷惘，
都是因為他而起，都是因為他而無法終止。
每一次，你都會好想告訴他知道，
但到了最後，你還是寧願將這一切，

繼續埋藏在自己的心底，

讓他這一個人，變成一個更難忘記的存在……

讓你自己變得更加困倦，

直到哪天，你無法再假裝下去為止。

Let you go
Before I let go

有一種喜歡是，當我們不再靠近，
才發現對方原來有多重要

自那天開始，
一切都變得不再一樣了。

再沒有早安，再沒有晚安，
你的手機再沒有短訊震動提示，
你開始習慣收到他的已讀不回。

很難再約他，很難再靠近，
從前彷彿有著各種巧合的緣分，
現在卻猶如已經花光所有運氣。

明明之前聊天時，覺得氣氛還不錯，
但也許，就只是你單方面這樣覺得；
明明上次見面後，還笑說下次再約，
但原來，這只是一個禮貌性的敷衍。

你一直回想，

是不是自己做錯了什麼，

才會得到這種截然不同的對待，

是那天自己說了不應該說的話嗎，

是那夜自己太急著想知道他的心意，

是因為自己越界了、才讓他有所提防……

還是其實，自始至終，

一切都只不過是自己想得太多，

在那些似有還無的親近、

在那些微笑與曖昧的背後，

從來都沒有蘊藏太多的愛情，

也沒有掩飾著他的緊張與心跳，

他對你沒有太多深刻認真的喜歡……

只是真相，也往往最難令人接受。

每天醒來，你都會奢想，

會不會突然一切變回從前一樣，

會不會在下一秒間，

就會再次收到他的短訊，

即使你已累積了更多更多的失望與空虛。

旁人都說，你應該清醒了，

你是時候要放手，要回頭是岸；

但每次當你想放棄，
你又會發現自己還很在乎他，
你真的不捨得失去這一個誰。
即使你們本身就並不是對方的誰，
可在這些年月裡，
在那些不知不覺、後知後覺間，
他已經佔據了，你內心最重要的一個位置……

但總是這樣，
當我們不會再靠近時，
我們才會發現，自己原來有多喜歡這一個人。
當我們以後都不會再見，我們才會明白或接受，
有些人一旦錯過了，就以後都不可再追。

如果真的喜歡，
為何又會捨得讓彼此一再錯過，一再蹉跎

後來你才明白，

他說他想你，可能只是因為想起你的好。

曾經你們都以為，他喜歡你，

但原來就只不過是，他沒有不喜歡你，

你和他，原來都高估了當中的認真與情深。

就算曾經有多親密和靠近，

後來的漸漸疏遠，如今的冷淡陌生，

還是無情地揭穿了那一個事實——

他曾經對你的想念與喜歡，

並沒有你對他的那麼深，那麼真。

或許一直以來，都是你對他入戲太深，

你以為他也喜歡你，

其實就只是一種錯覺，是自己的過度期許。

他從來不會真的關心與在乎，

你這一刻的感受，你有過的委屈與寂寞。

就算他曾經說過，他也不捨得你，
但是他始終不曾挽留你、珍惜你，
他會找你，就只不過是其中一個選擇，
一個不會懂得拒絕他的選擇，如此而已。

但其實，他都已經離開你了，
在很久很久以前。
每次他心血來潮回來找你，說想念你，
其實你都會很想告訴他，
如果你不是真的那麼喜歡我，
請你用盡全力，冷漠地把我推開。
如果你是真的那麼非我不可，
請用行動證明，來好好把我留住。

不要一邊說，
你還會想我，還會在意，
只是下一分鐘，下一個明天，
你還是會回到誰的身邊，
還是會再一次把我遺忘與忽視，
結果讓我再一次受傷狼狽，
得不到你的可憐，也換不回一點尊嚴，

到頭來反而提醒自己，
原來就只是我仍然在念念不忘，
原來我還沒有真正學懂，
你的偶爾溫柔與思念，
其實就只是不想我離開你的支配。

你都已經離開了，為什麼當我想離開，
還是要先得到你的允許，
然後還是會再一次提醒自己，
慢慢地失去一個人，原來是有多麼的痛，
那一點思念與絕望，原來是可以有多麼漫長。

Let you go
Before I let go

哪天，我開始不記得你的笑臉，
但那些思念，卻變成離不開的習慣

自那天開始，
你們都沒有再找過對方。

是彼此都在忙，是實在沒有緣分，
還是你自己不敢去找，你其實心裡清楚。
只是你未必願意承認，或一直逃避面對。

你總會說，
自己也真的太忙，何必要刻意去找，
用平常心面對吧，就讓這一切隨緣。
找了，或許也只會打擾對方，
或許也只會讓自己被迫面對，
原來他並不像你一樣，那麼想念你。
你還記得他上一次的敷衍語氣，
還記得他的嘆氣聲、他的沉默不語。
原來那些你一直念念不忘的過去，
就只有你一個人仍然執迷，

就只有你一個人，太過認真……

你寧願讓自己繼續忙，或繼續忘，
自己一個也好，再無法開心也罷，
都無謂委屈自己去承認面對，
這一位已經越來越陌生的過客。
即使你知道，如此下去，
你們只會離對方越來越遠，
當你們之間再沒有人作出主動，
終有天，你們會變成連陌生人也不如。
將來若在某個場合偶然遇見，
也只會令自己尷尬或惆悵，
也只會令這一段短暫回憶，
變得更無謂再提……

你是知道的。
因此，即使他的笑臉越來越模糊，
你卻越來越懷念細味，
那一段只屬於你們的曾經……
直到有天，你終於捨得將他捨棄封塵，
他以後都不會再影響你的人生，

你以後都不會念記，

自己曾為這一個人太過在意。

Let you go

Before I let go

有些喜歡不可張揚，
有些陪伴不會永遠

再喜歡，
有些人還是不可以在一起。

你可以去做他最好的朋友，
但是你不會讓自己越過這一條界線，
不會讓他有任何尷尬與不快。

你可以偶爾傳訊息給他，
提醒他不要著涼、用笑臉符號來傳遞思念，
但是你不會跟他說很想見他，
很想這刻就在他的身邊。

你可以在他想念的時候，
放下工作或空出時間來陪他聊天、和他見面，
但是你不會要他用同一種方式待你，
甚至乎，不會讓他知道你為他付出了什麼，
犧牲過什麼。

你可以在他不需要的時候，
不要傳他太多短訊、不要讓他有任何掛心，
不要妨礙他快樂的生活、繼續追尋他的幸福，
但是你不會讓自己完全失蹤不見，
不會讓他在突然想起你的時候，
找不到你，見不到你。

你可以成為他路上的明燈與輔助，
在他偶爾感到迷失的時候，
提醒他本來的目標與方向，
甚至全心全意地，去幫他達成他想要的理想，
但是你不會邀功，不會張揚，
不會要他對你有任何回報，
只要當他不再煩惱，你就會靜靜地功成身退。

你可以陪他面對各種難過與寂寞，
告訴他，其實他值得更好的溫柔，
他一定會找到一個懂他、會珍惜他的人，
總有天，一切都會好起來的，
你都會陪他到最後、直到他重新被愛……
但是你不會跟他說，那一個人就在他的身邊，

不會跟他說，你就是那個最懂他的人，
不會讓他知道，你真正的寂寞與難過。

每次有人問，
為什麼你沒有跟他在一起，
為什麼你沒有告訴他你的想法與心意，
你都會說，是他們想得太多了，
你和他就只是好朋友，又甚至其實是，
你們只是一對不會時常見面的朋友……
漸漸也沒有人會再這樣問你，
甚至不會有人記得或發現，
在你們之間，曾經有過任何曖昧與情愫。
漸漸，你都會這樣告訴自己，
只要他快樂，就已經足夠，
只要可以一直這樣子繼續下去，
偶爾和他碰面，陪他再多走一段路，
這樣你就應該要心滿意足，
有沒有喜歡過，是不是仍然太過喜歡，
其實又有什麼關係，
其實並不是真的那麼重要……

再喜歡，

有些人還是不可以在一起。

我們不一定要成為對方生命裡的主角，

如果有人可以比你待他更好，

那繼續做他的配角，

至少還可以心甘情願，

至少還可以留在他的回憶裡，

直到哪天不會再想起你為止。

Let you go
Before I let go

你的近況，如今不再是我的近況，
但是會繼續遙距影響，我的人生

偶爾，

會有人問起他的近況。

最初你不知道應該如何反應，

因為你已經很久沒有聯絡過他，

又或者該說，你都不可能會再與他聯繫。

只是旁人彷彿沒有發現這個事實，

還是他們是有心故意提起……

你都無法確定。

後來，

在你假裝微笑了多少次後，

才可以學會將這個話題，

不著痕跡地輕輕帶過。

你們最近都在忙，是你最常用的藉口，

你們最近沒有聯繫，這一句話是真實的，

只是你不會向人提起，

你依然會有太多的空餘時間，
去想念那一個不會再聯繫的人。

偶爾，
會聽見別人說起他的近況。

最初，你也不知道應該如何反應。
因為你會害怕聽見，自己不想聽到的後來。
在那一次你們沒有說再見後，
在那一個冬季，你看著自己和他的距離，
一點一點地變得疏遠、不再親密，
你知道他有天還是會走，
有天他還是會與另一個更好的人，
展開更精采快樂的人生……
一段以後不會再有你參與的人生。

每次聽到別人提起他，
你都會好想立即逃走。
與其說你不想再聽到他的名字，
不如說你更害怕知道他過得比從前快樂。
你知道他一定會比從前快樂的。

Let you go
Before I let go

只是知道與預期是一回事，

自己是否能夠真的接受，是另一回事。

當你知道，他後來與別人走在一起，

當你知道，他們是在什麼時候開始那段關係，

當你想起，在他們開始之前，

你和他的關係是如何一點一點變得陌生……

你很想告訴自己，那時候你們的逐漸疏遠，

是與那一個人完全沒有關係。

但你其實都無法知道真相，

你還是會為這一個已經與自己無關的人，

不自覺地亂想更多……

有多少次，

你還是會對自己輕輕說一句，

算了，我不想再在意更多了。

不是真的不在意，

不是你真的不想知道他的近況，

只是來到這天，

實在已經沒有你可以再說多一句的餘地。

他的近況，已經不再是你的近況。

你再關心，但始終也是無能為力。

他的快樂，卻讓你擁抱更多寂寞。

你再不捨，回憶還是會漸漸褪色。

也許有天，我會好好配合你，
即使遇見了，也會裝作不再認識

好久不見了。

又或者應該說，
就算想見，你也不會想再見了。

以前從來沒有想過，
自己會與你變得如此疏離。

明明，在最初認識的時候，
就已經覺得你是一個特別的存在。

明明，我們曾經一起經歷過很多事情，
會在乎對方，會互相交心，
會好想伴在對方身邊，
會想，如果可以就這樣到老，
那有多好，多好。

卻怎想到，來到這天，
我們不會再見，也不會再問候彼此，
就連一個「生日快樂」的短訊，
過了一天，到最後還是沒有勇氣送出。

偶爾，旁人還是會向我提起你。
漸漸我都習慣了，如何輕輕帶過去，
不想被別人發現，我們已經沒有聯繫，
不想被別人問起，為什麼我們會變得陌生……
我怕，自己會不知道如何回答，
更怕，其實就只有我一個人，
仍然會耿耿於懷。

每次看到你在網路上，
分享的各種近況，
你的身邊，仍然有著很多疼你的人，
你的臉上，彷彿比以前還要更加快樂……
最初我還會想，
是你故意造給我看的假象嗎？
其實你只是在氣我吧，
其實你也是跟我一樣，

在獨自感慨，在念念不忘⋯⋯

其實我們是有多想立即回到過去，
回去對方的身邊。

但漸漸，
我也開始相信，或接受，
你是已經離得很遠很遠，
你真的已經不再需要我在旁。
沒有我，你會繼續過得更好更自在，
我的出現就只是一個意外，
錯誤如今都被修正好了，
一切一切，都已經不值一提了。

就算那天，我們在街上偶然遇見了，
你也只會裝作不認識我、看不見我，
無視我的笑臉，在我身邊漠然走過，
比起不認識的陌生人，還要陌生⋯⋯

明明認識，但裝作不再認識。
是多麼諷刺，也多麼黑色幽默，

因為我早已認定了，
你是我生命裡一個重要的存在，
可如今我們就只能得到這種結局……
你是最重要的，也是最殘酷的。
以後，我只能念記著你這張陌生的臉，
在夜夢裡一再躲藏、心痛、輾轉徘徊，
不斷思考，為什麼你偏要待我如此，
不斷追悔，如果那天，
我沒有說錯一點什麼，做錯一點什麼，
我們是否就不會有這一種結果……

是否，就可以真的繼續相伴到老。

但我知道的，
這是你永遠也不會留給我的一個問號。

有些人，
也許是真的不應該再見面。
有些往昔，就算再眷戀再銘記，
到最後也只會讓自己變得更加記恨，
更加無法好好地，放過自己……

那倒不如，就以後別要勉強再見了，
又或者，就算下一次我們再偶遇，
我也要學會像你一樣，
不要打招呼問好，不要再看對方的臉；
就這樣輕輕地走過彼此，
來成全你的意願，做一對真正的陌生人⋯⋯

你說，這樣好嗎？
這樣的我，是否就能換回你的，
一點尊敬，一點認真。

Let you go
Before I let go

03/

無人知曉

後來你的話越來越少，
不想再為悲傷留下半點痕跡。

不是因為無話可說。
而是覺得，說與不說，
都再沒有關係了。
再說更多加油，也只會換來沉重。
再說一聲晚安，也不過是自欺欺人。
你寧願不說，寧願將心意藏在深海，
用彷彿淡然的目光看待世界，
彷彿再沒有人與事，
可以互相傷害，可以拖累彼此。

你是自由的，就在這一個夜深裡，
只是沒有人可以和你分享，
漸漸也彷彿沒有什麼事情值得紀念。
時間遠去，又有誰想要關心，
有一個人曾經困於這裡。

你依然是我最重視的人，
也永遠是我不會再主動尋找的誰

已經有多少天，
你沒有再主動找他，
已經有多少天，
沒有再聽見關於他的消息⋯⋯

即使其實，
你已經找過他百遍千次，
在回憶裡，在照片裡，
尋找那一個想念的身影，
想尋回那些曾經熟悉的感覺⋯⋯

想跟他說一聲晚安，
想鼓起勇氣去告訴他，
在你心裡，他依然是無比重要。
在那些無眠夜深，
他依然是可以把你帶出深淵的解藥。

但最後，你還是不會傳出那一則短訊。

何必讓自己變得更加卑微。
如果以後都不會再見，
再卑微更多，也只會讓自己變得更難過而已。

03／無人知曉

你已經很累了，
但還是要繼續努力成為別人眼中的堅強

偶爾會有這樣的時候吧。

在乎的人，突然不懂你的想法，
本來懂你的人，漸漸變得不再同步。
去年還會問好的人，明天還可以再見嗎？
此刻想念的誰，已經比陌生人還要更加不如⋯⋯

努力建立過、堆砌過，轉眼就成蜃樓，
回憶裡有多美好，也無法挽回彼此的一點溫柔。
已經很累了，但仍是無法輕輕放過自己，
做得再好再完美，還是會有被別人挑剔的地方。
到頭來，彷彿是一場自討苦吃，
但明明你是投入了這麼多、是如此虔誠認真，
只是結果卻不似預期，你感到失望，
那些別人沒有向你明言的誤解與失望，
更讓你變得無處可逃。

偶爾會有這樣的時候吧。

然後，明天醒來，
你還是會跟自己說，
沒事的，一切總會過去，
好事遲早會來臨。
然後，明天的明天醒來，
你還是會繼續催眠自己，
沒事的，昨天那樣難過，
也已經成為過去了；
你已經比昨天變得更堅強，
你應該可以笑得更自由自在，
你何必再為那些不對的人與事，
而自我懲罰更多……

然後漸漸，
會開始以為自己失去了，
好好地哭、好好地笑、
好好地愛人、好好地安睡的能力，
是自己某一個部分失靈了吧，
還是自己的修行始終不夠，

無法真正做到，或找到一個角落，
累了，就不要再想更多，
痛了，就不要再勉強裝作堅強。

其實你只不過是想找到一個人
去好好表達那些
你已經無法再說得清楚的
難過

但偶爾，總會有這樣的時候。
難過還是難過，好事還是姍姍來遲。
這陣子，你真的辛苦了。
其實大家也是一樣會這樣吧。
依然會為著看不透的未來感到不安灰心，
依然會為著無法改變的過去而心痛不忿，
依然會為一些不對的人與事，而想了又想……
大家都是這樣吧，
都是這樣認真而又傻瓜地辛苦自己。
如果可以的話，可以為我們自己打氣一下嗎？
不用再勉強彼此假裝堅強，
不要再為那些已經錯失的過去、

還有捉不緊的未來，而無止境地想得更多，
到最後反而更折騰我們自己⋯⋯

好嗎？

03／無人知曉

擅於傾聽的人，
有時也是最擅於去隱藏，自己的情緒

有一種人，
擅於傾聽別人的感受，
但是也擅於隱藏自己的情緒⋯⋯
你是這樣的人嗎？

是因為，
你已經聽過太多難過與不安，
相較之下，自己的那一點感受與情緒，
是有點微不足道、不值一提？

還是因為，
你知道自己尚未遇到一位，
願意真正去傾聽自己心情的人。
你不想自己內心的不安與煩惱，
換來別人的誤解或輕視。
寧願自己內心繼續努力保持平衡，
不要對別人流露太多不必要的情緒，

只要防守得好好的，
你就可以繼續自在地假裝下去，
做那一個最擅於傾聽的對象，
做那一位，彷彿從來不會煩惱，
最冷靜成熟理智的你……

漸漸，越是不快樂，
你越是會變得將一切往心裡埋藏。
但你依然繼續傾聽太多聲音，
而你藏在心坎的無力與沉重，
何時又才可以得到別人的真正了解。

Let you go
Before I let go

03
／
無
人
知
曉

你可以喜歡一個不會喜歡你的人，
但不必討好一個不會珍惜你的誰

喜歡一個人，有時最怕的，
是始終得不到對方的喜歡，
還有，自己在喜歡的過程中，
漸漸變得更加卑微。

來到這天，你依然會害怕，
自己一直以來所付出的感情，
最後會得不到他的回應，他的喜歡。
但縱使你始終沒有得到他的半點認可，
在不知不覺間，你已經喜歡他好久好久，
有多少次，你有想過要放棄，
只是第二天醒來，你還是繼續喜歡下去，
不忍心遠離這一個誰，
就算他表現得越來越抽離，
你還是留守在他可以找到你的位置。

他的拒絕、他的冷漠、

他的若即若離、他對你的忽視與善忘，

依然可以輕易地把你擊倒，

依然可以讓你難過生氣半天，

但最後你始終不會對他有半點怨懟，

不會捨得在他面前表現出來……

他不會主動找你，

你學會讓自己偶爾才主動找他。

他忘記和你慶祝生日，

你告訴他最近你也一直沒空，

之後再補祝也可，

明年可以再一起慶祝就好。

他有求於你時才會對你在乎，

你安慰自己，至少他會想起你，

至少你還有可以幫到他的價值。

於是你更盡心盡力地去做好，

他交託給你的各種事情，

在他想起你的時候，做他最可靠的依傍……

然後，

在你不斷為他付出的過程中，

你彷彿重新找到那一個，

因為害怕，因為受傷，
而漸漸被自己遺忘的目標。
其實你只不過想純粹地喜歡這一個人，
讓他知道，你對他的喜歡可以有多深，
可以有多認真。
雖然如今，依然很累，
依然會感到刺痛，
但是你不會再害怕，
因為你曾經承受過更深的痛，
而你終於克服過來了。
以後，即使再有更多的刺痛傷害，
你都可以表現得不痛不癢，
都可以雲淡風輕、談笑自若，
甚至可以將這些傷痕當成自信，
來支持自己應該要繼續留守下去，
不可以在中途輕易放棄⋯⋯
彷彿這是一個過程、是一種成長。
你終於可以變得比從前更堅定不移，
你可以更一心一意去等，
可以更心甘情願地去追，
這一個不一定會為自己回頭的誰⋯⋯

Let you go
Before I let go

只是堅忍與卑微，

有時也只是一線之差。

為了他，你可以變得更堅壯，

也可以變得更渺小，恍如一縷微塵。

旁人都說，何必要讓自己變得如此卑微，

但你卻想，自己還可以做得更多更好，

唯有如此，才可以讓他真正對你刻骨銘心……

這才是你最想要的結局，

即使這一個故事，其實早已經步入了尾聲。

03／無人知曉

有時最難習慣的，不是失去，
而是以後無法忘記這一個誰

漸漸你開始習慣，
不會再主動找他，不會再去等待他的短訊。

最近天氣轉涼了，
你也不會像往時一樣，想要傳短訊給他，
想要提醒他晚上不要著涼。

從前，你們幾乎會每天通電話，
即使沒有特別的話題，也會想要聽到對方的聲音。
但來到這天，你彷彿快要忘記了，
他說話時的語氣、聲調與笑意；
那些嘆氣聲、沉默，還有冷漠敷衍，
也彷彿是很久很久以前的事情，
彷彿都與你已經再無關係了。

你都習慣了，一個人笑，
一個人看電影，一個人到餐廳吃飯，

一個人到海邊看夕陽，一個人疲累地回家。

想當初，這些事情本來也是一個人去做，

在遇上他之前，你應該已經習以為常，

在他離開以後，其實也不是不能重新習慣⋯⋯

只是與以前比較，

偶爾會多了一點漠然與抽離的感覺，

偶爾會覺得，其實一切都已經面目全非，

但還是不能不這樣繼續下去。

就只不過是，自己尚未真正習慣而已，

不習慣一個人苦笑、一個人面對寂寞，

不習慣一個人太思念另一個人，

但是不可能再得到回應，不可能立即再見，

不習慣一個人仍然活在過去之中，

然後努力提醒自己，是應該要繼續向前走了，

是應該要還自己一個自由了⋯⋯

就算再不習慣也好，

世界還是會繼續運轉，

他會繼續離開，你會依然回眸，

然後你們會在各自的世界裡，失去交集⋯⋯

總有天這一切都會成為過去，

Let you go
Before I let go

03
／
無
人
知
曉

然後哪天醒來，你會終於習慣，
以後都無法好好放開這一個誰……
你永遠都不會忘記，
他留過給你的遺憾與溫柔。

Let you go
Before I let go

他已經走了，你還留在原地，
心裡卻再也無法容下別人

你其實知道，他早已走遠，
自己也是時候，應該要離開。
但有時候，不是你不想重新開始，
而是你真的沒有辦法。

你曾經試過離開，
但最後還是不自覺地回到這裡。
在那些你仍然會紀念的日子，
在那些他與別人慶祝的夜深，
你都會不自覺地，在回憶裡獨行遊走，
緬懷那些已被你塵封、但仍清楚記得的美好。
你也試過強迫自己不要再想，
可越是逃避，卻越是反證你有多念念不忘，
越是抱憾，越是感到一直努力假裝的自己，
有多可笑。

後來，就算再認識更好的人，

03
／
無
人
知
曉

彷彿也無法變回，曾經最好的那一個自己。

然後一直回想，
自己是否已經錯過了什麼，
是否將來就只能這樣。

然後每晚還是會默默地，
在絕望裡尋找奇蹟，
哪天會不會終於等到那個誰的回來，
終於將你從深淵裡拯救回來。

終於可以輕輕地，放過自己。

有時想得太多，
只是因為對那一個人還有太多在乎

有時候，
會因為太在乎某個人的感受，
而不自覺地將對方的說話，
解讀太多，想得太遠。

或許對方想表達的，
本來只不過是一句隨意說出的話。
當中並沒有太多含意，也沒有太多內心戲。
只是，對方卻會因為我們想得太多，
而開始感到一種壓力。
於是漸漸有心或無意地選擇避開自己，
寧願少一點說話，也不想讓彼此難受。

只是，被疏遠的那一方，
那一個仍然留在原地在乎的人，
又會因此而感到自己不再被重視。
越是想靠近，越是會換來失落感，

好想證明自己的位置，但又覺得自己卑微可笑。

直到有天，自己終於想通，
其實我們只是過分地在乎那一個人，
又或者自己所在乎的，就只不過是一個幻象……
他早已逃得遠遠，
與自己再沒有半點關係，
為什麼還要因為他的片言隻語而太過難過，
為什麼還要以為他還會對自己有半點在乎。

累了，有時並不是需要休息，
而是不想再無止境胡思亂想下去

你說，
就不要再想了。

我說，
我知道啊，也已經聽得太多了。

你說，再想下去，
也不會有不同的結果，又何必折騰自己。

我說，我就是明知如此，
但還是不能自拔地想下去，都快要變成習慣，
都快要變成一種可以讓自己安心的感覺。

你說，可不可以就當是為了你，
不要再亂想下去，不要再這樣懲罰自己，
不要再否定不要再負能量不要再這樣那樣……

我說，我可以為了你，
展現最燦爛的笑容，說出最正能量的話語，
在臉書裡貼上最明媚的風光，不會再讓你擔心，
自己原來是一個多麼不對的存在。

你說，那就真的太好了，
就快點去休息吧，快點安然入夢，
明天是難得的假期，就好好盡情地玩樂一場。

我說，我知道啊，
謝謝你的關心，謝謝你的溫柔，
然後你離線了，然後我看著你的訊息，
告訴自己，就不要再亂想了，
就不要再為了那誰，而折騰自己。

而又再一次失眠。

有時沒有回覆，
也許只是因為沒有力氣再裝出笑臉

你有試過嗎，有一段時期，
手機收到了短訊，但是不想去閱讀，
不想去回覆……

又或是收到別人傳來的電郵，
你知道自己應該要回應，
但是過了很久，你都沒有按下回覆鍵……

然後，
又會因為自己沒有及時回覆別人，
感到抱歉，感到壓力。
然後，又會對自己這樣的態度，
感到不解，甚至自我厭惡，
然後這種情況，
一直繼續累積，重複，循環……

如果有天，你突然發現，

03
／
無
人
知
曉

我已經很久沒有回覆了，

已經很久沒有在網路上，

看到我的蹤影，或一個讚好；

到時候，可以給我一個簡單的笑臉嗎？

又或是給我一通電話，

簡單地聊一下近況，

讓我可以再次想起，

你的笑意，還有溫柔……

也許最後，

我還是未能如常地裝出笑臉，

但至少會找回多一點力氣，

一點只有在真正的同伴之間才能給予的力氣。

很微小，但很重要。

很簡單，但最寶貴。

可以嗎？

謝謝您。

有多少次，我只能裝作若無其事，來應對你的漸行漸遠

不若無其事，又能夠怎樣呢？

從前，你常常都來找我聊天說笑，
漸漸，別人比我更清楚你的近況。

從前，我們都是對方最重視的人，
漸漸，我開始成為你口中的別人，
一個不再熟悉的別人。

有時會想，
你是否在某天突然下了一個決定，
從此不要再找我、別再理會我，
然後就真的狠下決心、說到做到。
然後我就會想，
是不是曾經我做錯了什麼、
是不是如今還有挽回的可能。
你和我之間的連接尚未完全斷開。

03
／
無
人
知
曉

但每次，當我在手機看見你的近況，
當我知道你又認識了新的朋友，
當你跟所有人分享、你們是如此相逢恨晚……
我又會想，
其實我沒有自己所想像的那麼重要，
其實我不過是你生命裡的一個過客，
就只是我還未可跟你一樣若無其事，
就只是，我自己仍然放不下看不開。

曾經，我們一起經歷過四季，
也一同經歷過，由熟悉變陌生的過程；
我不捨得的，其實並不是如今的你，
而是從前親近的那一對我們。
其實……
再美好、再巧合、再默契，
只不過是自己的一廂情願。
十年之後，又有誰會仍然在乎，
百年之後，還是不會成為歷史。
將來回首，也會覺得不值一提吧，
也會對別人、或是只能對自己說，
是的，曾經我認識過這樣的一個人，

曾經親近，但不知從何時開始，

不知道是因為什麼原因，

我們變得漸行漸遠，

你可以若無其事地對我一再冷漠，

可以若無其事地不再回應我的問好……

這是一個永遠都無法解開的答案，

後來每次想起，我都會嘗試學你一樣，

裝作若無其事，微笑一下，

彷彿從來沒有這一個人，

彷彿，已經不會有任何在乎……

可以勇敢地、無憾地踏步向前，

然後有天，如果可以在這路上再遇見你，

到時候，我應該可以笑著向你問好，

到時候，我應該可以若無其事地向你說聲……

你好嗎

再見

你已經試過很多次這樣的失望，
你想逃，卻發現根本無處可逃

有時真的會感到無比困倦，
尤其是，同樣的失望，
你已經嘗試過很多很多遍。

而你知道，自己應該要避開，
卻彷彿漸漸失去了逃走的能力。
又或者是，你仍然想逃，
也努力去尋找不同的出路，
但到頭來，你才終於發現或承認，
你其實已經無處可逃。
再逃或再後退，也是會遇到那些傷害，
那倒不如留在原地默然面對，
又或是欺騙自己說，你已經習慣了，
如今你已經可以變得不痛不癢了……

但那點失望的刺痛，
還是偶爾會蠶食你假裝的力氣。

然後你又會發現，
那些一而再襲來的傷害，
原來也是在一直進化，
還不夠絕望，尚可更絕望……

而你只能繼續將這些無法改變的感受，
默默掩埋在心裡的黑暗處，告訴自己，
明天醒來，從此以後，
都不用再漫無目的地逃走了，
反正情況都不會好轉過來……
即使你還是會繼續無止境地疲累下去，
你卻不想讓別人知道，你的難過，
還是你都已經不知道，
自己還可以再告訴誰人知道。

03
／
無
人
知
曉

就算你已經傷痕累累，
他也只會怪責你的傷口並不好看

你可能不知道吧，
在別人面前坦露自己所受過的傷，
原來是需要無比的勇氣。

因為，即使你對所有人如何說明，
你受過怎樣的傷害、已經傷痕累累，
但最後，你未必可以得到一個真誠的道歉，
甚至是一個公平公正的檢討，與改正。
往往，那些真正發生過的錯誤，
會隨著更多是非不分，
與人云亦云的流言蜚語中，
被悄悄埋沒，被模糊了焦點。
然後，會被加上更多的罪名，
讓自己受到更深更痛的傷……

而你可能還會反而得到，
一些虛偽的、於事無補的安慰，

或是一些自以為是的指點與教訓。
都說你，不應該去受這樣的傷，
都是你，自己不聽別人的勸，
才會換來這樣的傷……
然後，還會怪責你，
你的傷口並不漂亮好看，
為什麼你還要將這樣的傷口，
太赤裸地展露於大家面前，
換來其他人的目光與取笑……
彷彿，你從來沒有經過掙扎與煎熬，
彷彿，你所受的傷都是你的別有用心……

你說，面對如此瘋狂的世界，
對別人坦承自己所受過的傷，
只為了追求不想被掩沒的一點對錯，
又怎能不需要無比的勇氣，
才可以繼續堅持下去？

只是冷漠無情的人，
永遠不會明白當事人的無奈與苦痛。

我累了，真的，
我不想再這樣下去了

第一次，
你在訊息欄裡輸入了這一句話，
然後你看著螢幕，一直看著看著，
始終都沒有勇氣去按下發送。
最後，你嘆了口氣，
將整個訊息徹底刪除，
不讓自己有按下發送的機會，
然後給他傳送一個沒意義的笑臉符號，
告訴自己，不要再期待他的回覆。

第二次，
你又在訊息欄裡輸入了這一句話，
你想起上一次見到他時，
他臉上的皺眉與冷漠，
還有他以為你聽不到的嘆息與苦笑……
你相信他不會想回覆你這一個問題，
甚至是不會有太多認真，

只可以換到一個冷笑。

最後你一個字一個字按鍵刪除，

即使你其實已經想了很多很多遍，

真的，不想再這樣下去了。

第三次，

你在訊息欄裡輸入了這一句話。

這一次，你沒有再按下刪除，

你只是靜靜看著螢幕，

想起與他曾經發生過的一切，

想起，上一次與他的對話，

他最後的已讀不回，

他後來都沒有再主動找你……

其實你們已經變成一對陌生人，

連朋友也不是，

你不會再因為他的忽冷忽熱似近還遠，

而想得太多、一再失眠。

也不會再因為你太想靠近他了解他，

換來他的刻意逃避、冷漠以對，

到最後反而讓你自己變得力竭筋疲……

如今，你已經不再是那一個曾經委屈的你，

03／無人知曉

你終於找回原本屬於你的尊嚴與自由，
你終於可以再重新開始去展開你的人生。
只是，這夜，
你還是在訊息欄裡，
對這一個不會再問好的人，
輸入了這一個訊息……

最後，你始終沒有按下傳送，
也沒有將它刪除。
你選擇將這份思念，
留在這一個不會有人發現的時空，
說一聲再見，告訴自己，
別要再奢求會換來一聲晚安。

在我們之間總是存在著一道牆，
一道只會看得見彼此笑臉的牆

有些人，已經認識很久很久，
可是越是將心投放在對方身上，
彼此的感覺就越是陌生。

那些煩惱，某些心結，
你其實很想跟他分享，
但你們卻總是欠缺相聚的機會。
最初你會想，是因為彼此都在忙吧，
可你們真的這麼忙嗎？
你知道，對方也有空閒的時候，
也會有空回覆你的訊息，
只是即使你們會交談，
談的也是不著邊際的話題；
你試過想約對方見面，
然後他回應說下次、下次，
然後再到下次，漸漸你都開始忘了要去約會對方……

03
／
無
人
知
曉

到了哪天，你終會承認或接受，

他是不會明白你的心事，

是因為他沒有類似的經歷，

或是他未有為你預留更多的時間與心神。

即使他會留意你，

也只是看著表面或臉書上的你，

喜歡就讚好、有更新就留言，

就只是如此而已。

如果你失蹤了一段日子，他不會致電找你，

雖然你們已經相識了多少年，

他手機裡仍儲存著你的電話號碼，

雖然你們曾經歷過天天都要見面，

要將一切喜怒哀樂，都要告訴對方的那些日子……

但來到這天，

他再不懂得如何更深入去注視你，

你也放不下身段、主動去如實地說清一切。

因為你怕，他會在開始的時候，

就已經拒絕再聽或了解，

又或是又跟你說，下次再談。

可縱然如此，你還是希望，

有天能夠讓他明白這點心理，
只因為他始終是你心裡最放不下的朋友……

那天，你終於向他細訴這些想法。
他看一看你，
然後說，覺得你是想得太多。
你微微苦笑，讓自己不再說下去，
不要再說下去。
是那天起，你在他的面前建立了一道牆，
一道只會看得見彼此笑臉的牆。
為的，並不是希望不要再受到他的傷害，
而是不想再讓自己有任何感受或煩惱向他傾注，
不要打擾他人，不要讓他有半點察覺，
只要仍然看得見對方安好，就好。

03
／無人知曉

有些人是深海，再怎麼不快樂，
都會藏在深處，不會讓你看見

最近，
你變得比以前平靜了。

偶爾，還會微笑，
但更多時候，你會寧願自己一個人，
不再說話，不帶任何表情。
就只是一直默默地，
去做好自己本來要做的事情，
彷彿很平常，也是在繼續前進，
但其實就只是希望透過這點平常，
來勉力維持自己內心的平衡。
不要崩潰，也不要讓人發現，
其實自己早已經埋藏了太多情緒，
在無人看見的大海裡，
或想得太多，或耿耿於懷，
折騰了自己多少個夜深……

Let you go
Before I let go

然後明天醒來，

依然會一切如常。

沒有人會發現，你變得比昨天更平靜。

你已經很久沒有說過自己的感受，

你已經不想再記起，

自己曾經如何不快樂，

來到這天，自己是否還有不快樂的資格。

Let you go
Before I let go

03
／無人知曉

最怕的是，有時你是等一個奇蹟，
有時卻是等自己心死

你試過這樣嗎，

明知道已經不可能，

但還是會讓自己默默地等一個人，

等一個奇蹟。

其實你不是不知道，

如此單方面等下去，

到最後也只是委屈了你自己。

只是你還是不想抽身離開，

還是會寄望，有天可能會出現奇蹟，

可能會終於等到他的認真與尊重，

可能會終於可以等到你最想要的結果。

只是另一方面，在等待的過程裡，

現實也會一再無情地把你擊倒。

有天可能你會發現，

他的心裡原來早已有別人，

你越是默默堅持，他越是走得更遠，

你的認真無法勝過他如今所擁有的快樂。

於是你開始會想，自己是不是應該要放棄。

每天醒來，你都會定下一道題目，

告訴自己不可以為他再執迷太多，

提醒自己沒有他還是可以好好地過，

不要再像昨天那樣半途而廢，

不要再因為他的一則短訊，而想得太多……

但說到底，你的出發點，

甚至是你的喜怒哀樂，

還是因為他而開展，也因為他而暫停，

然後有天你會想起，為了他，

你已經付出了如此多的心血和時間，

為什麼自己還是無法換來一個可能，

為什麼那一個奇蹟，尚未來臨……

為什麼來到這夜，

自己還是會為這一個人而患得患失，

來回折返，最後又真的得到了什麼。

03
／
無
人
知
曉

你試過嗎，在最無力的時候，
實在不想再欺騙自己，我還可以

我知道，
你已經很累了。

並不是因為你已經付出了太多的努力，
並不是因為你所得到的並不是你的預期，
並不是因為你找不到了解你欣賞你的同伴，
並不是因為你身上背負了太多懊悔與無力感⋯⋯

就只是，什麼都不想再說，
來到這天，已經不想再為這點困累，
而去解釋太多，苦笑太多；
不想再為了讓自己可以繼續疲累下去，
而自欺更多，自嘲更多⋯⋯

寧願自己變成沒有感覺的微塵，
也不想再勉強自己飾演看似堅強的泡沫。

是因為，你真的累了，

你已經付出了超過你能力的努力，

你得到了太多太多無法彌補的傷害與失去，

你承受過太多陌路人的嘲笑白眼，

以及同伴的離棄，

你每天都感受到沉重的無力感，

但還是只能提醒自己仍然要為別人堅強下去……

是嗎……

偶爾會很想告訴自己，

現在的自己其實已經很好，

其實真的再沒有必要繼續自責下去，

其實，你完全有資格，

去還自己一個自由……

但儘管如此，

你還是會想繼續堅持下去嗎？

即使你真的已經很累很累，

即使，你其實已經不想再去思考更多，

怎樣才可以為這種困倦尋找一個重生的出口……

是這樣嗎?

傻瓜

Let you go
Before I let go

你等他，他卻在等另一個人。
你是早已明白，但是他不會想知道

試過這樣嗎，
等一個人，等到心累的那種感覺。

做得再好、再完美，
他也是不會有太多感動。
再偉大、或再卑微，
也是未可得到他的一個答案。
越是喜歡下去，越是感到困倦，
想說一句心底話，也要小心翼翼，
怕會惹他討厭，怕他會不再回應；
想見他一面，又會煩惱推敲太多，
怕他不會答應，更怕他逃得更遠……

你不明白，是從何時開始，
為什麼你們的關係會變得這麼複雜。
彷彿做什麼事都不對，
不敢主動去追去問，於是只能默默等待。

Let you go
Before I let go

03
／無人知曉

只是在等的同時，你也開始害怕，
怕自己曾經做錯了什麼，
會讓這段關係變得無可挽回。
怕自己是給予他太多壓力，
然後為他的冷淡與生厭尋找更多藉口。
也怕其實是自己過分執迷，
對方根本不會在乎你的堅持。
然後又怕，再等下去也是不會有任何結果，
其實有些事情，在開始的時候就早已註定……

你等他，但他等的人不是你，
只是你未必甘心只有這結果。
你會怕，是因為你知道，
再這樣等下去，也是不會等到他的回望，
也只會等到更多不快樂。
但有多少次，你還是對自己說，
不想放棄，不想後悔，
不想錯過這一個最重要的誰……
明知不可能，但又期待哪天會有奇蹟出現，
或期待自己終於可以學會心淡。
只是你的溫柔你的笑臉，

也會在無盡的困累中逐點流逝，
然後，讓你反而更難放過自己……

不想再等，但也不想就這樣離開，
不想再痛，只是你已經習慣了這一種節奏。

03
／無人知曉

總有天，就算再怎麼難過，
你也不會再告訴給那誰知道

有些傷痛，
你知道，不應該再念記。
再記得更多或更深，
也只會讓自己更加疲累，
最後，還是只會苦了自己吧。

但應該怎樣做，才能夠不再記著呢……
不是說不要去想，
自己就真的可以立即放下那份執著。
仍然會記得太清楚，
也是因為那些人與事，曾經真的那麼重要。
或許有天，你終於可以不再在意，
真的可以好好地放下；
但那一天不是今天，
不是如今仍然放不開的現在。
活在當下，但你的當下，
就是仍然會為那點過去而太過在意。

試試去找朋友吧，

找一個願意陪自己的人吧，

找一個可以和自己分享喜怒哀樂的人，

再一起建立更值得念記的回憶吧……

然後到了哪天，你始終找不到這樣的人。

你累了，你問自己，

真可以找到這一個人嗎？

真的會有人願意繼續在乎，

自己這點卑微可笑的過去嗎？

真的找到了，就會一切都變好嗎……

漸漸，你不想再尋找那一個人，

寧願獨自繼續跟那些記憶對峙、

抗爭、相處，或被侵蝕。

偶爾，你找到一點可以讓自己輕鬆的方法，

去旅行散心，去忘情高歌，

去跟一些不知道你過去的朋友，

一起微笑一起努力。

偶爾，你半夜驚醒過來，

還是會清楚記得，曾經被傷害的那些日子，

以及如今，仍然被你藏在一角，

03
／
無
人
知
曉

仍然執著仍舊委屈仍會卑微仍覺沉重
仍然會耿耿於懷的那個自己。

你跟自己說，
睡醒，就會好的了。
放下，就會好的了。
你跟自己說，你跟自己說，
然後唸了一千零一遍，
然後終於看見了晨曦。

有天，那一個他，
終於有點察覺到，你的不快樂。
他問你，為什麼不可以樂觀一點，
為什麼那麼小器、仍然要記著那些小事，
為什麼不可以勇敢地前進，
為什麼不可以再相信別人……

你有一刻好想告訴他這些日子以來的那些心情。

但你最後還是微微笑了一下，
對他說，是的，是自己不好，

是自己始終看不開，

是自己仍未能成為一個更好的自己。

你會嘗試努力加油，

你會嘗試再勇敢地相信別人，

你會嘗試找到一個讓大家喜歡的模樣，

你會嘗試不再重提那些應該繼續被掩埋的人與曾經，

你會嘗試安慰自己，你的傷痛你的難受，

都已經再與他無關，都已經可以自我消解，

都已經不再需要他的明白……

你不會再讓別人知道，

自己如今還是會為某些情緒而失控。

你明亮的雙眼，怎可能只看得見針刺，

你的成熟堅強，你的輕描淡寫，

又怎可讓人相信或明白，

你依然會為那點舊事，而太過在乎。

03
／
無
人
知
曉

聽說這叫做放棄。

但也有人說，這就是堅強。

最怕的，並不是對你感到無能為力，而是我對這一切已經習以為常

有些疲累，有些苦困，
最後還是只能一個人獨自面對。

你已經看通了很多事情，
但始終無法看透他的想法。
你試過假裝不再在乎，試過重新振作，
卻無法忘記那些說不清楚的遺憾與傷口。
你多麼努力想退開想迴避，
但有些人還是會將你推回那個深淵。
你以為終於可以還自己一個自由，
只是後來有多少個夜，還是只能獨自度過。

然後，
你已經不敢再去奢想或回憶，
那些已經不屬於你的人與事……
曾經你會為了他的快樂而感到自豪，
曾經你就只想任性地留在他的身邊，

曾經你花光時間心血等待他的回望，

曾經你對他的一再拒絕而習以為常……

曾經你相信，

只要一直堅持，就能夠得到幸福；

但後來又有多少事情，讓你感到無能為力。

曾經你以為，

只要不去期望，就不會再換來失望，

但後來還是有些刺痛，讓你無法完全承受，

也讓你無法再假裝冷漠，

假裝現在已經過得很好……

那天離開以後，

你沒有變得習以為常，

你沒有變得更加自由，

你還是那一個依然會留戀原地的你，

你還是會好想得到那一個人的明白，

你的關心，你的努力，

你的苦痛，你的失落……

但是你知道，

Let you go

Before I let go

03／無人知曉

奇蹟不會再輕易降臨，
也無法改變這個現實，這個世界。
終有天，自己還是要面對或接受，
有些事情真的無能為力，
有些人真的是一個過客，
你無法等到他的回望，
也無法靠近他的身邊，
而你卻會繼續因為他的遠去，
累積更多的冰冷與困倦。
然後，又繼續假裝一切如常，
不會讓人察覺你的孤單，
告訴自己不要再強求更多，
這才是你們之間最好的終結。

Let you go
Before I let go

是從何時開始，你習慣去委屈自己，
不想再思考，也不想再改變

習慣沉默，習慣失去，
習慣嘆氣，習慣絕望。

習慣冷靜，習慣麻木，
習慣循環，習慣不變。

是從何時開始，你獨自練成了這些習慣，
不想再去思考，也不想有任何改變，
不要破壞那點難得的寧靜，僅餘的快樂。

你告訴自己，再委屈再難受，
只要哪天終於感到厭倦，真的承受不了，
自己還是可以選擇放手，或捨得放手。

就讓自己再軟弱多一會兒吧，
就欺騙自己再多一天，一切都會變成習慣。

只是，往往，當你真的感到厭倦了，
當你已經累得力竭筋疲，
你想離開，才發現已經無處可逃，
才發現，自己沒有勇氣再去重新開始。

然後厭倦的情緒，揮之不去。
再怎麼休息、放鬆，
總是會覺得很累很累，
總是會想，都已經如此了，
為什麼還是會開不了心，
為什麼只能夠如此下去。

為什麼到最後，
還是無法將這些卑微與委屈，
都當成是一種習慣，不痛不癢。

請不要再因為那些不對的人與事，
而無止境地責備自己、懲罰自己

你說，
最近終於可以好好安睡，
不會再失眠。

並不是因為，你漸漸好起來了，
漸漸對那些傷痛與回憶，感到麻木。

並不是因為，你不再受到莫名的情緒困擾，
一再逃避，卻始終找不到一個出口。

並不是因為，那些讓你無奈的人與事，
全都消失不見了，不會再對你糾纏。

並不是因為，你不用再在別人面前勉強自己，
假裝正常地生活，假裝快樂。

並不是因為，你找到一個可以傾訴的人，

03
／無人知曉

一個願意陪你走出傷痛的誰。

並不是因為，你終於可以放下那些後悔與遺憾，
終於可以忘記那些已經離開、不會再回來的人……

你說，
最近終於可以安睡，不會再失眠。
是因為你知道，
有些事情，就算再緊張再憂心，
還是不可以立即帶來改變；
有些感受，就算再看淡再逃避，
還是不可能從此割斷捨棄。
未可安睡，也許是因為，
你不想就這樣放過那一個不完美的自己，
不想自己輕易放下那些人與事，
不想原諒自己曾經的過錯與不智……
但如今你終於可以入眠，
是因為你明白，那些有過的傷痛，
不會就這樣消失不見。
以後還會繼續陪你成長、經歷更多人生，

偶爾會讓你失意難受，
偶爾會令你反省前進。
可以安睡，是為了將來可以走更長的路，
是為了讓自己可以不忘初心，
繼續朝著本來的目標而努力奮鬥。

其實，你已經走了很遠的路，
能夠走到這一天，真的已經很不容易，
請不要再因為那些不對的人與事，
而無止境地責備自己、懲罰自己，
到最後，反而忘掉了自己本來要走的路，
反而更加辜負了，那一個曾經認真勇敢的自己，
還有成就自己走到這一天的每一個人……

善待自己，
才是對心疼自己的人最好的回報。
加油，願平安。

03
／
無
人
知
曉

其實你並不溫柔，
你只是擅長無視自己的情緒，
去喜歡另一個人

其實你並不堅強。

你只是擅長將軟弱埋藏起來，
麻木自己的痛覺，繼續往目標走下去，
不容許自己退後或放棄。

其實你並不勇敢。

你只是擅長為自己打氣，
告訴自己不會害怕不要害怕不可害怕，
到最後，一切都總會好起來的。

其實你並不溫柔。

你只是擅長無視自己的情緒，

為重視的人給予最體貼的關懷與笑臉，

不想別人受傷難受，也不想自己再失望更多。

其實你並不偉大。

你只是擅長讓期待轉化成一種不求回報，

他的各種要求，你都不會拒絕，

只要可以繼續陪在他的身邊，就足夠。

Let you go
Before I let go

其實你並不快樂。

03
／
無
人
知
曉

你只是擅長為了別人的不快樂而掛心，

將自己的疲累換成更真摯的笑臉，

即使對方的快樂，不一定就等於是你的快樂。

其實你並不好過。

你只是擅長，以這種方式來繼續喜歡一個人，
每次只要看見他的微笑，你心裡就會充滿力氣，
只要想到他會幸福，你的難過也彷彿不再重要……

縱使有多少次，其實你已經力竭筋疲，
但你還是擅長連自己都一併欺騙，
一次又一次，直到又再忘記了自己……

其實你也只是一個普通人，
一個厭倦了再戴著面具的人。

04／

最後一次

有些事情，過了這夜，
就不要再有下次，好嗎？

例如，忘不了誰。
例如，太想忘記誰。

或許，在很久很久之後，
你依然不會忘記他的事情，
偶爾還是會想起，他的冷漠絕情，
讓你再一次念念不忘，耿耿於懷。

只是你真的不必再為這一個人，
那一段其實不想忘的回憶，
無止境地自責自困，

明年今日，
但願我們不要再為了那一個誰，
而又再重新許願，或繼續執迷下去，
然後，又再看著螢幕苦笑多一次，
再多一次，好嗎？

如果你已經很努力了，
請不要再為一些不對的人而苦了自己

有時即使你再如何努力認真，
但還是會遇到不願意去理解的人。

彷彿，無論你做得多好，
也始終不能符合他們的期望。
彷彿，就算你有多疲累，
他們還是會覺得你自討苦吃。

到最後你可能會發現，
總有些人，就只想看到你的失敗。
不是你不可能達到他的標準，
就只是從一開始，你們就是兩個世界的人。

但無論如何，
請不要忘記你本來的樣子，
不要忘記你本來的目標。
你不需要討好所有人，

就只需要珍惜願意用心去理解你的同伴。
當你疲累了，可以停下來陪你分擔，
當你想再往前進發，願意給你無盡支持，
可以互相扶持，可以一起走得更遠……

說到底，真正的同伴，
不會只願意看見你的笑臉，
卻對你的悲傷不屑一顧。
如果你的努力，始終得不到他的理解，
那麼你再發光發亮，他還是只會淡然漠視，
那又何必為了執意得到他的認可，
到最後反而難為了自己。

04／最後一次

漸漸你不會再向人分享你的難過，
也不會再讓人看見你的孤單

你有試過這樣嗎？

偶爾會不想見人，
就只想自己靜靜一個。

偶爾會不想講電話，
就只想跟朋友用訊息聊天。

偶爾會因為對方的「最近好嗎」，
而不知道應該如何回覆、不想說下去。

偶爾會不想再回覆任何人的訊息，
但是又會害怕惹起別人的誤解、不快與疏遠。

偶爾會因為太想念一個人而忘了時間，
會好想與對方重新開始，可是如今已經沒有資格。

偶爾會重遊一些已經很久沒有去過的地方，
想再見某些人，但其實知道一切早已人事全非。

偶爾會走到某個遙遠的海岸，
想放自己半天假期，即使最後內心依然無比困倦。

偶爾會因為聽到很多年前的一首歌，
才回想起這些年來，自己竟然錯過了許多人與事。

偶爾會看著以前的舊臉書與舊照片茫然出神，
那些有過的快樂、自信與理想，
彷彿都已經是一場遙遠的夢。

偶爾會為自己的渺小軟弱而感到無力或生氣，
想要做一點什麼來挽回一切，卻又發現已經太遲。

偶爾會很想一走了之，想遠離一切不安與煩擾，
但最後還是會回來這裡，留在這一個既熟悉也陌生的地方。

偶爾會很想對別人坦承這些有過的失落，
但最後還是會笑說已經沒事了，一切都變成了雲淡風輕。

04／最後一次

偶爾……

偶爾，
都會有這樣的時候吧。
想遠離這一切，想抓緊這一切，
有時渺小，有時堅強，有時清醒，有時逃避，
彷彿全世界就只有自己一個人正在面對，
彷彿如果終於可以想通這一切，
是否就不會再這麼難過，
是否就真的可以輕輕地，放過自己……

你有試過這樣嗎？
好想對你說一聲，辛苦了。

縱使如今的我，無法陪在你的身旁。
縱使到最後，我們可能都無法學會放過自己。

但希望你會知道，在這個世界裡，
仍然有著很多很多人，陪你一起孤單。

也謝謝你陪我。

04
／最後一次

有些朋友你永遠不會忘記，
即使你們以後都不會再見

那天，你心血來潮，

打開他的臉書頁面瀏覽，

發現已經再看不到他的更新，

不知在什麼時候，自己被對方刪除了好友。

你心裡有一點恍然。

彷彿早有預期，但還是難免有一點苦澀。

想想，在這之前，

你們已經有多久沒有聯繫；

想想，很久之前，

你們曾經無所不談、形影不離，

卻始終沒有真正變得親近……

想想，在那之後，

你們偶爾還是會互相問好，只會問好；

想想，很久之後，

你一個人走到你們曾經一起到過的餐廳，

約定要去的地方，聽到他介紹過的歌曲，

想起那一抹溫暖的笑臉，

看到那一片蔚藍的天空，

你有多想立即和他分享那一點幸福，

一起重溫那些年只屬於你們的回憶，

可是當你拿起手機，心裡卻已經有一點猶豫……

你知道一段關係，

並不是只靠單方面的主動，就能夠維繫得了。

而在這之前，你其實已經嘗試過多少次主動，

主動得，讓你自己也開始覺得卑微……

然後，經過多少春去秋來，

到最後，你所能再做的主動，

就是不要再去找他、打擾他的生活，

繼續不動聲色、不再問好地，

去做一對其實不會再見面的朋友；

你的主動，就是讓自己不要再主動更多，

你告訴自己，其實能夠保留這份關係，

留有這一段彷彿不會再改變的距離，

就已經足夠，就應該要心滿意足。

但儘管如此，來到這天，

04
／
最
後
一
次

他還是將你從朋友的名單裡，悄悄刪除。
其實你知道的，你們本身並不是同一類人，
大家有著不一樣的想法，不相似的生活，
過去能夠相知相交，也許就只是一時的幸運，
或只不過是純屬一場誤會與虛構而已；
將來，你們的距離只會越來越遠，
明天，你依然會在沒有他的世界裡，
繼續生活下去，繼續思念下去⋯⋯

縱使這個人其實只不過是一個過客，
人來人往，實在沒有誰虧欠了誰，
沒有誰最後一定會留住了誰⋯⋯
只是你還是會為了這一位陌生人，
留下一個他永遠不會回來的位置。

我們都知道珍惜眼前人，
但如今你眼前的人，始終不會是我

我們都知道，

應該要珍惜眼前人。

只是有時候，就算再好或再重要，

對方最珍惜的人，卻依然不會是你。

或許是因為，

他的身邊已經有一個十分重要的人。

又或許是因為，

就算你如何努力走到他的身邊、

和他成為最常見面的朋友，

但他的眼中還是不會有你的存在，

他最珍惜最在乎的人，

永遠都會是一個你無法超越的誰⋯⋯

即使你的眼裡，

就只會有他這一個人。

即使你的身邊，

04
／
最
後
一
次

其實也有一些人值得你去珍惜。

原來，珍惜眼前人，
其實只是用來提醒彼此，
我們要更加珍惜那些，
早已被自己內心認定的、特別的人。
而且這一種珍惜，是有限額的，
是其他人始終都無法暫借的。
因為你知道，如果真的珍惜一個人，
內心就會再容不下其他不重要的人……
就算那一個人如今不在身邊，
但我們還是會努力想去靠近對方，
就算對方可能已經忘掉自己，
但我們還是會盼望自己的這點思念，
終會轉化成無聲的祝福，
就只願對方可以安好，
就只願對方終會找到一位，
能夠彼此相知相惜的人……

即使以後，
他都不會在你的身邊出現，
但當你閉起雙眼，
他依然會是你最珍惜的誰。

04／最後一次

總有些人，你曾經很喜歡很重視，但如今還是會寧願不要再見

你曾經遇過這樣的人嗎？

你想和他做朋友，他總是表現冷淡。
你主動傳訊息問候，他很遲才會回覆。
你問他什麼，他都會顯得厭煩。
你對他好一些，他會找到更好的人來比較。
你感到受傷，他推說與他無關。
你寫一首詩給他，他只會沒有感覺。
你跟他說真心話，他生氣你不留情面。
你累極無語，他說你黑起臉孔。
你轉身離開，他質疑你以退為進。
你不敢主動找他，他以為你不再重視他。
你終於找他了，他卻對你心生戒備⋯⋯
你做錯什麼，他立即不留情責罵。
你做對什麼，他也從來不會稱讚。
你有事求他，他一會兒就忘記了。
你答應他的請求，他認定是理所當然。

你拒絕了一次，他會忘記你曾經所有的付出。
你不想再這樣下去，他反說你對他情緒勒索。
你只想要多一點尊重，他覺得你越了界線。
你好想還自己一個自由，他不明白你為何過分認真……

你後來沒有再找他，他對別人說起你的不是。
你不想解釋，他記恨你沒有主動回來道歉。
你沒有把他當朋友，他也樂得跟你撇清關係。
你是一個不好的人，他自會遇到更多更好的朋友……

而最初你其實只想和他友好，
成為可以互相珍惜、一起成長的一對。
但或許，做朋友是真的要講時間與緣分。
有時再投入、再努力、再喜歡，
也只會換來無法消除的距離、無奈與厭惡。
不是你不值得別人的好，
不是他真是一個薄情的人，
就只是你們不適合對方，如此而已。
到最後，你或許不會再奢想，
求得他的一點尊重和喜歡，
你就只願彼此將來可以不再記恨，

04
／最後一次

即使他可能早已忘了你這個陌生人，
即使你是曾經如此喜歡這一位朋友……

無仇無怨，
也許就已經是最好的終結。

明明已經回不去了，但還是會想，
如果可以回去多好

如果可以，
你想回到哪個時候？

是那天，你們什麼都還沒開口，
只要一個眼神，一個微笑，
就已經明白對方心意的時候？

是那天，你仍然可以對他好，
他還是會溫柔地回應你，
彷彿對方就是最值得自己去珍惜的人？

還是那天，在他走遠離開之前，
你是有多麼想好好地跟他說再見，
讓他知道你對他的認真、重視與不捨？

還是那天，你們最初認識的那一天，
你可以純粹自在地思念、喜歡這一個人，

你還是可以選擇，將這份心意都藏在你的心底⋯⋯

那天，
你們還會暢所欲言，
你們仍會結伴同行，
他會聆聽你的想法，
你會看見他的在乎⋯⋯
那天，一切都仍然恍如昨日，
可是一切如今都已經變得太遙遠。

你知道這一切都不會再重來，
你們也已經不再是從前的你們，
但偶爾你還是會想，如果可以回去多好⋯⋯

如果此刻還可以再見，多好。

有多少次，你翻看他的舊訊息，陷得太深，在回憶裡走不出來

從前，

他的一聲問好，

可以讓你開心半天。

臨睡前的一句晚安，

總是可以讓你感到溫暖，

彷彿可以與他一起安然入夢。

天冷了，

你會關心他有否著涼。

工作累了，

他都會說笑話來為你打氣。

而你其實知道，他也是一樣疲累，

他只是勉強打起精神而已。

但那時候就是這樣子，

你們都會忍不住關心對方，貼近對方。

就算不能見面，就算偶爾會太想念對方，

但只要看到對方傳來的笑臉符號，

04／最後一次

只要自己傳送出去的思念，
總會立即得到對方的已讀與回應，
是有多麼令你窩心與期待，
彷彿，你們就是這個世界裡，
最有默契的一對……

即使後來，這一切都已經不再了。

其實你知道，
是不應該再繼續翻看下去。
那時候的你們，
如今已經變成一對陌生人。
不會問好，不會靠近，
不會再見，不會重來……
有時你會苦笑，反問自己，
為什麼還要繼續獨自懷念下去……
這一個故事，那一些曾經，
就只有自己還會思念，還會在乎。
以後都不會有人來打擾，
以後，就只有你留守在這個天地裡，
偶爾陷得太深，偶爾說聲再見。

沒有你，他還是過得很好。
沒有他，你還是依然在乎

其實，有沒有他，
你的生活也是一樣會過。

你有多難過，也是不能對人傾訴，
就算再成功，他也是不會有半點在乎，
你的念念不忘，已經與他再沒有任何關係，
他的一言一語，還是會對你有太多牽引……

就彷彿跟從前一樣。

沒有他，你的世界像是沒有了光明，
你不知道，自己應該再如何向前走，
也不知道，以後的漫漫餘生，
應該再如何找到圓滿。
可你還在想，將來是否還有跟他再遇的可能，
而明明你剛才還會因為他與誰的一張合照、
還會為了他那一抹太燦爛的笑容、

還會為了他沒有你但還是過得很好、
還會為了自己最後放手讓他過他想要的生活，
而耿耿於懷，而想得太多……

但縱然如此，生活還是會一樣地過。
從外表看，你就跟平常沒有分別，
就跟其他平常人也沒有分別。
但心底裡你覺得有多難受，
你的日子過得猶如行屍走肉，
你最喜歡的人從此不會再出現在你的身邊，
你的念念不忘終有天會被無情的現實打敗……
你再執著不捨，有天你還是只能學會放下，
你再難過無奈，有天你還是學會不要太在乎。
如今你還奢想將來再遇的可能，
哪天你或會取笑自己的天真吧。
而你還傻傻地為他的事情而掛心太多，
將來有天還是會變成毫不重要的回憶瑣碎……

沒有你，他還是過得很好。
沒有他，日子還是會過。
終有天，生活還是會重回正軌。

曾經再喜歡再珍惜，到最後也難逃這結果，
也難逃某天你們會變成陌生人的這個命運。
若是如此，為什麼自己如今還是會感到難過，
為什麼還要讓自己這麼難過。

為什麼還要為這一個陌生人，
而未可放過自己。

Let you go
Before I let go

04/
最
後
一
次

不是付出更多努力，
就能夠得到一個人，或忘記一個人

而你明知道這個事實，
但還是只能繼續努力下去，
就算最後只會徒勞無功，
但彷彿也只有這樣勉強地努力，
才可以令自己感到安心，
才可以得到別人的一丁點認同……

但其實，你真的已經很勉強自己了。
勉強到，連稍微任性一下也感到抱歉，
連做原本喜歡的事情，也會覺得心虛。
其實……
你已經很努力了，真的，
可以暫時休息一下，
可以不用再裝扮那一個堅強奮鬥的自己，
可以不用再埋藏那一個生氣、寂寞、
不安、委屈與無助的自己……

可以不用再為那一些不會明白的人、
那些不能改變太多的現實，
繼續無止境地奮鬥下去，
然後因為得不到誰的認同，
而讓自己變得更加困倦，更加卑微。
然後因為自己無法快樂起來，
而又再一次責備懲罰自己，
懲罰那一個，其實早已傷痕累累的自己。

04／最後一次

你説，你不會再感到傷心，
只是也無法再快樂起來

有多少次，
你想笑，但笑不出來。
直到，你看見大家都笑了，
然後你自然地，跟著大家一起微笑……

有多少次，
看見某個身影，聽到某段歌詞，
讓本來笑著的你，突然安靜下來。
你發現，自己並不是想像中的那麼堅強，
原來，暫時不去想的傷口，
隨著時間過去，還是不會自然地癒合……

有多少次，
你想忘記，想不要再恨，
不要再執迷那些，已經與你無關的消息，
不要再去想，為什麼再努力再認真，
最後還是會讓你受傷，還是只能夠失去。

你告訴自己，這是最後一次了，

真的是最後一次了，

但到底是什麼事情的最後一次，

你始終下不了決定……

有多少次，

你放下了偽裝的情緒，

放下了你的保護色，

希望讓思緒暫且停頓，

讓呼吸重新回復平靜。

但當你看著鏡子，看到那一張臉，

冷漠，繃緊，陌生，寂寞，

那是本來真正的你嗎？

還是，那只是你的另一種保護色，

不要讓自己有機會再受傷，

不要讓自己，再去重新相信什麼……

有多少次，

你一個人浪蕩到一個陌生的地方，

一個沒有人會認得你的地方。

你以為，應該可以不用再強忍了，

以為終於可以簡單一點、純粹地做回自己，
只是寂寞與回憶，還是一直跟隨著你，
就算逃得更遠，還是不能忘卻曾經的快樂，
不捨得拋棄那個令你受傷、但依然眷戀的地方。
然後，最後，還是只有一個人，
再次回到那個只有你會回去的舊地，
茫然著，遺憾著……

有多少次，
你以為自己應該已經好了，
就算偶爾會想念，也彷彿不帶半點餘震。
你可以對別人笑了，在你想笑的時候，
笑得不會讓人發現，你曾經有過的傷口。
只是漸漸你也發現，自己的其他感覺，
彷彿失去了原有的功能。
沒什麼事情能夠讓你提起勁來，
沒什麼色彩能夠讓你記起生活的意義，
縱然你還是會感謝，身邊一直愛護著你的人，
縱然你仍是相信，有天應該會真正好起來，
有天，應該不會再這樣麻木地失眠，
不用再這樣無望地盼望，那樣的明天……

有多少次，

你想盡情地笑一遍，

真真切切、快快樂樂地笑一遍，

就再多一遍也好。

然後笑到盡處，你終於可以安靜下來，

終於身邊再沒有人，

會勉強你要繼續笑得更成熟更自然，

終於可以，有多一點力氣，

去重新面對自己一直想掩藏起來的，

後悔與遺憾，憧憬與傷悲……

到時候，也許就可以哭得出來，

哭得不再有任何保留，

哭得可以重新發現淚水的熱度。

到時候，也許就可以嘗試原諒自己，

不會再無止境地自我懲罰下去，

不要再因為那些失去了的人與事，

讓自己寧願繼續抱著傷疤，

讓這一抹苦笑，陪伴自己到老……

然後，到時候，

應該可以再重新出發吧，

應該可以再勇敢地去愛去笑，去痛去忘……

04/最後一次

應該真的可以，
將那些悲傷後悔遺憾變成真正的過去，
即使將來有多少次，
還是會回想還是會痛還是會突然安靜，
但至少你知道，自己是確切地快樂著悲傷著，
回憶再美再痛，明天的我們還是會重新開始。

Let you go
Before I let go

寧願自己一個人繼續放不開，
也不要再見那一個不對的誰

來到這天，
你終於可以放下那一個，
始終忘不了的誰嗎？

你還會記得嗎，
和他有過多少曾經，
和他相識、相熟、卻又漸漸變得陌生，
和他明明曾經那麼靠近，
只是在那天之前，一切都變得不再一樣，
如今就算你們再見，也只會無言以對，
也只會看到他冷漠的笑臉……

來到這夜，
你還會繼續反問自己嗎？
如果當時能夠好好把握機會，
如果當時自己有將心意好好地說清楚……
如果，那時候，

04
／
最
後
一
次

自己寧願保持沉默，

不要讓他察覺你的心事與煩惱，

就只是繼續飾演一位完美的好友，

不要嘗試靠近、也不要超越那條界線，

那如今，你們是否就不會變得陌生，

以後，你們是否依然會是對方的知心好友，

可以見面暢談，互相關心祝福，

即使你心底並不是真的只求得到這一個位置，

但只要仍可以留在他的身邊，

就已經比什麼都要好，已經是最大的幸福……

但這一切，

如今也不可能再次重來。

即使後來，你仍是忘不了這一個人，

有多少個夜深，

你還是會為了這位不會再見的誰，

而想得更多，想到讓自己失落失眠，

你卻在這悠長的歲月裡，逐漸學懂一件事情——

有些人再不捨再難忘，

到最後，他還是不會屬於你的。

即使你終於找到一個方法，

可以和他重新再次接近，

即使你有多少次，在街上偶然碰見過他的身影，

但你知道，再繼續靠近下去，

也不會得到自己真正想要的結果。

再勉強自己假裝微笑、再付出更多力氣心血，

到頭來，還是只會為將來的自己換來更多失望，

還是只會擾亂破壞自己現在的生活，

以及你們之間曾經有過的、僅餘的快樂回憶。

有些人，就算有多想再見，

但還是不應該再見。

有些再見，其實不一定真的要跟對方說清楚，

寧願讓彼此繼續不辭而別，

也不要讓自己又再沉溺於那個得不到的漩渦……

即使如今，

你還是會對這一個人放不開，

即使後來，

你還是會對這一個人存有太多思念，

但你對自己說，其實這就已經足夠了……

真的，只要這天，

04／最後一次

彼此仍然可以在各自的世界裡，
繼續微笑，繼續尋找自己的幸福，
就已經比什麼都要好，就已經值得了。

Let you go
Before I let go

你想面對也好，你想逃避也罷，
我都會陪你到最後

在最難過的時候，
最想聽到的，也最難得到的，
是一句簡單的「我陪你」，
是一個溫暖安心的擁抱，
是一個願意認真了解自己的靈魂……

還是到最後，
就算自己已經力竭筋疲，
已經不想再解釋半句，
已經無法再對任何人坦誠交心。
但是始終會有一個不離不棄的人，
即使他不會說「我陪你」，
卻會一直默默陪你到最後。
你累了，他不會勉強你加油，
你受傷了，他會伴著你一起療傷。
彼此相知相守，即使未必能夠每日同憂共喜，
但在最難過的時候，只願你不會獨自一個人面對，

一個人在失落傷心裡，
忘了自己，懲罰自己……

你知道，這一切是如此不容易。
但你還是為了那一個人，
願意認真虔誠地去祈求一次，
就這麼一次。

Let you go
Before I let go

就是因為曾經很愛很愛，才會明白，
有些人還是無法同行到老

很久不見了，你好嗎？

來到這夜，
不知道你是否仍然為著那一個人，
而又再失眠，又想得太多。
不知道每次當你又不小心陷在回憶裡，
是否還會像最初那樣，不忿、後悔或自責，
卻不敢告訴任何人知道；
然後第二天，在別人面前，
又會繼續假裝不痛不癢，
反而讓你自己更加痛苦……

希望有一天你會明白，
或是願意接受，
即使對方如今不再愛你，
也不等於，就是你愛錯了這一個人。
即使對方最後沒有將你留住，

也不等於，就是你不值得對方的愛。

相愛很難，兩個人能否一起走下去，
愛是必須，但並不是只有愛就足夠。

有時候，就是很愛很愛，
才會發現，原來有些事情是早已註定，
有些矛盾是再如何相愛或陪伴，也是無法改變。

原來有些人，始終無法一起走到白頭，
就只是可以為彼此上一堂課，
讓你們知道，自己為了愛一個人，
可以如何認真、堅持、提升自己，
但儘管如此，還是無法勉強下去，
還是只能去學習和接受，如何還彼此一個自由。

然後在之後的生命裡，
帶著這份回憶與遺憾，去成就另一段人生。
然後當下一次又再不小心想起他時，
也記得要為自己打打氣……
好嗎？

沒事了，是因為已經看開了，
還是因為已經再沒有關係了

沒事了，
簡短的三個字，
有時卻可以有著太多種意思。

沒事了，可以是因為，
真的沒事了，以後都不會再有事了。

沒事了，可以是因為，
你不想讓別人覺得你仍然會執著、會太過認真，
不想被別人以為，你其實一直放不下什麼，
沒事了，我已經不會太過在乎。

沒事了，可以是因為，
即使你受到傷害，心裡感到無比委屈，
但因為明知道這點鬱結，
最後都不會得到對方的理解。
與其說出來讓自己顯得更卑微，

04／最後一次

倒不如將這點情緒往心裡收藏，
捍衛自己僅餘的那點尊嚴……
沒事了，其實都只是一聲淡然的自我安慰。

沒事了，可以是因為，
有些難過有些情緒，
已經錯過了好好去理清的時間。
或許對方仍然願意傾聽你的感受，
但你知道，如今再去細說解拆曾經的晦澀，
只會為你們帶來更多灰暗與傷疤。
與其不歡而散，那不如獨自難過。
沒事了，不等於你真的已經看開了，
你其實仍然會難過，只是你寧願輕輕地帶過。

沒事了，可以是因為，
嗯，他已經不再是自己的誰了，
自己還有什麼資格與藉口，
來讓對方為自己去做一點什麼。
然後又再一次提醒自己，
其實一切都只是自己想得太多，
他的一切從來都與你無關……

Let you go
Before I let go

沒事了，以後再沒有他插手的餘地，

或許他曾經路過你的世界，

但你們只會是彼此的陌生人。

沒事了，可以是因為，

不知道從何時開始，

你已經習慣不要去得到什麼，

即使你其實也曾經渴求去擁有，

想得到別人的理解與認同。

去被人關心、去被愛，

去讓自己相信，自己也是值得去愛一個人。

但在你經過多少次不安、難受與傷害後，

你已經很累了，已經傷痕累累。

你告訴自己，不要再期待更多吧，

不要再輕易對人抱有希望，

不要再換來更多無法言明的失望……

於是，你開始習慣去對別人說，

沒事了，真的，

都已經沒有關係了。

甚至漸漸地，到了某一天，

你都不會再說出「沒事了」這三個字，

不想讓任何人發現你隱藏了這點情緒，
你用一種更純熟的姿態與笑臉，
來掩飾自己的真心，來欺騙自己，
其實你不是真的已經沒事了……

沒事了，也許到頭來，
其實就只不過不想另一個人，
再為自己有半點擔心。
即使這一句說話，未必是真的，
但你還是會希望，
對方會相信你真的沒事，
只願對方可以繼續一切安好，
可以繼續自由自在，心無牽掛……

那就已經足夠。

喜歡一個人需要勇氣，
但拒絕一個人，其實也一樣需要勇氣

我們總是希望，

如果自己喜歡一個人，

可以得到對方的正面回應。

即使對方喜不喜歡自己也好，

也總好過是已讀不回、不明不白、若即若離……

昨天表現得完全不想接近你，

但是這天又忽然向你靠近，

卻又保持著微妙的距離，

讓你想放棄，也不捨得就這樣離開。

但其實，拒絕一個人，

也是需要勇氣呢。

試想想，如果有一個你不喜歡的人，

向你表示喜歡，你又會怎樣回應對方？

是選擇不要回應、

等對方自己意會、等他自行放棄？

還是從此不要再見這個人，
不要讓他有任何誤會，
不要再對自己有任何奢想？

但一直得不到你回應的那一方，
那種度日如年的等待心情，
其實我們也應該可以明白。
可我們還是不忍心向對方說清楚，
是怕自己會傷害對方，
還是怕，自己在這個認真的過程當中，
也會受到一些意料不到的傷害……

那倒不如，不要回應，
不要太認真，等對方自己意會。
然後這份拒絕對方的心意，
卻一直藏在自己的心坎之中，
甚至變成一個疙瘩。
每次碰到那一個人，都想立即轉身避開，
不想面對那個喜歡自己的人，
不想面對自己那一份未可表達的情緒……

不想承認，自己其實也是欠缺了一點勇氣。

04
／最後一次

你可以為喜歡的人付出所有，
但為一個自私的人，永遠都不值得

後來你仍會記得，那些日子。

你曾經期待期盼了多少次，
他會改變、會成長、會反省，
會終於回應你的認真。
但結論是，他就只會敷衍逃避，
就只會用各種似是而非的藉口，
來拒絕為你的付出與傷疤而有任何改變……
甚至還會說，你所做的一切，
都是沒有意義，就只是你自討苦吃，
他不會欣賞，也不會有半點理解與同情……

你其實明知道的，
並不是你做得不夠好，
並不是真的如他所說的，沒有價值。
真相就只不過是，他是一個自私的人，
明知道你的苦衷，但不會顧念你的難過，

明知道你的無助，但只會繼續視而不見……
而你卻還想要堅持下去，想要做得更多，
但願有天可以讓他有一點兒感動，
去面對已經傷痕累累的你，
去給予你應得的尊重與回應……

但請明白，
有些人是永遠都不會為你改變，
不是不會改，而是他只會為自己改變。
你再付出或犧牲，他也只會覺得理所當然，
你再卑微或善良，他也只會冷酷地將你推開……
然後有天你會發現，
對著一個不對的人，再勉強下去，
也只會讓自己找到更多不對。
然後有天你會明白，
你為這一個人耗盡了所有心血與時間，
有些認真與勇氣，將來也是不可再重來，
讓你無法再去為另一個人重新開始。

與其祈求這樣的人改變，
不如從今開始嘗試去相信，

自己有天不會再需要這一個人。

如果你能夠為一個不對的人變得更好，

那麼你應該可以找到一個更好的人，

一起去為彼此成就更幸福的未來。

你可以為一個喜歡的人付出所有，

但為一個自私自利的人，永遠都不值得。

Let you go

Before I let go

如果你始終對未來感到不安，
請記得適時哄一哄自己的心

過度的不安，有時比起病毒更加可怕。

人心是軟弱的。
如果任由不安全感，
完全去支配自己的思考與行動，
忘記了原本要完成的目標、
想要守護的人與事，
甚至漸漸對別人與自己也失去信心，
那到最後，自己也終會撐不下去吧，
到頭來，我們曾經的苦苦堅持，
就會變成一場逃避不安的獨角戲。

因為再沒有人，
可以找回那一個害怕受傷，
而一再躲藏的自己。

04／最後一次

這些日子，大家都辛苦了。
如果感到累了，請讓自己歇一會兒，
先讓那一顆紛亂的心，暫時安定下來。

就算，明天未必會立即變好，
就算，外面的世界仍然有著多少荒謬，
也要提醒自己，
原本你想要去達成的理想，
還有，自己一直想要守護的人與事，
不一定可以馬上做到，
但請相信，自己的付出並不是沒有意義，
這天的不安與無奈，
就只是這段旅程的其中一個章節。

事情會漸漸好起來的，
只要我們自己沒有放棄。

所以，就先讓自己暫時歇一會兒，
好好去睡一覺，養好氣力。
你已經很努力了，真的，
就還自己一個輕鬆，

明天醒來，我們再一起去加油，

好嗎？

朋友很多，但願意了解與陪伴到最後的人，也只得你

....

最困倦的時候，
有時未必可以向別人傾訴，
但心裡依然會自自然然想起，
那一個最了解自己的人。

就算已經很久沒有見面了，
就算明知道彼此都在忙，
都有著各自的生活，
各自的目標與方向……
但你們都知道，
對方是最願意傾聽與理解自己的人。
即使彼此的世界，已經漸漸變得遙遠，
即使有些情緒與感受，
再無法立即同步讓對方知道，
但只要對方需要或願意，
你都會放下一切事情，
陪他一起感受與面對此刻的難過，

甚至要再沉溺多一段時光……

因為你知道，說陪伴，
說的總是比做的要輕易。
有多少人會在中途放棄，
有多少人因為始終無法理解，
而選擇轉身離場，以後都不會再靠近……

但唯獨他，還有你，
仍然願意守在伴在對方身旁。

明明你們都知道，
放棄了解，有些可能反而更輕鬆，
但也就只有這一個人，
你們都不捨得就這樣讓對方獨自流浪，
不願他因為藏著太多說不清看不見的情緒，
到最後反而更加放過不了自己……

你是有多麼感謝，
能夠在人生裡遇到一個這樣的人，
來到這天，仍然願意陪著這一個平凡的我，
但願未來，我們可以繼續相扶相守，

就算始終未能完全了解對方，
我們依然是彼此心裡最重要的人。

Let you go
Before I let go

或許你喜歡他的好，
但不等於你喜歡他這個人

或許你喜歡他的好，

但不等於你喜歡他這個人。

你想念他，但不等於想要他永遠留在你的身邊。

對你最好的人，

不一定是你最喜歡的那一個人。

你最初可能未必會在意他，

只覺得，他的關心有點超過，

只會想，他如此待你有什麼目的。

是呢，還有什麼目的，

你們或者心知肚明，

然後你們又會在似近還遠的距離之間，

讓他不會有半點僭越，

讓自己可以繼續自由自在地與他交往。

直到哪天，

你們各自要展開新的生活，

04／最後一次

不可再閒時聚首，

直到那天，他有了真正喜歡的對象，

不能再撥出時間伴你結伴同遊、

或再等你的一個答覆⋯⋯

即使你知道，他還是會對你很好，

依然會像好朋友般關心或在乎，

但你也明白，

自己其實不應該浪費他的好，

從最初開始，

他就應該遇到一個更值得對他好的人。

縱然自己會有點不捨，會有些失落，

但也只可僅止於此，

只可感謝及祝福，

這一個你應該珍惜的朋友——

對你最好的人，

不一定就等於是你最喜歡的人。

曾經，他給過你最自在的時光，

現在，只望他與最愛也快樂自在，

就已經足夠。

朋友有兩種，一種是很了解對方，
一種是始終都沒有放棄

有些朋友，

可以一見如故，

可以很久不見，

可以有聊不完的話題，

可以一切盡在不言中，

可以為對方兩肋插刀，

可以陪自己任性無聊，

不是因為你們有太多優點，

而是你們都真的了解對方，

有著不可取代的共同回憶，

相信這份情誼永不會改變。

有些朋友，

只要一段時間不見，就會感到生疏，

已經認識很多年了，還是會有隔閡，

總是會為對方的一句話而想得太多，

總是會怕自己的不成熟惹對方生厭，

總是會有一些不確定的期望與失望，
總是會想為何未能和對方好好交心……
但縱使如此，來到這天，
你們還是會繼續努力做對方的朋友，
還是會將對方放在一個重要的位置，
因為你們知道，有些朋友有些情誼，
只要一放棄了，以後就不會再重來……
人越大就越會明白，
能夠繼續做朋友，其實真的不容易，
有多少情誼，消逝於忙碌與藉口之中，
有多少遺憾，來自於一再的理所當然。
而來到這天，你們始終都沒有放棄，
仍然願意一同為彼此而堅持下去，
你知道，其實是有多麼不容易……

那你又怎麼捨得，從此錯過這一個人。

有些友情會變淡，也許只是因為，
你每次需要對方的時候，對方總是不在。

但有些友情，即使對方已經消失很久很久了，

只要對方有需要，你還是會趕到對方的身邊。

你會一直為他留下這一個位置，
盼有天你們終於可以再聚時，
如果他感到累了，就靜靜細聽他的煩憂，
如果他迷失了自己，就與他一起尋回本來的笑臉……

只因為你會永遠記得，他的善良與溫柔，
就算相隔很遠，但你相信對方始終不會變，
就算偶爾會淡、會失散，
但是這份連繫，始終是別人無法替代得了。

也只有你們，
可以一同擁有這份任性與福氣。

04／最後一次

想想他是怎麼放下你，
想想自己是不是一定就要跟他一樣放下

所謂放下，
可以是一生的功課，
也可以是一生都要逃避的項目。

什麼時候應該要想，
什麼時候不應再想得太多，
在不同的年月，不同的心境，
也會有不同的答案。

有時候，只要不去打擾，
人就可以慢慢地放下。
當中的打擾，並不只是指打擾對方，
也包括那一個，應該留在回憶裡的自己。
只是偶爾你又會想，
那一個曾經的自己，是如此快樂，
也是包含自己成長的重要部分；
要完全不去回想，

那又算不算是抹殺了曾經的自己？
如果忍不住回想了，
又算不算是一種還未放下的執迷？

但其實會執迷、
忘不了、放不下，
也不等於自己沒有成長。
人生還很長，
已經夠難過了，就讓自己輕鬆一點。
沒必要一定要在這一刻就頓悟一切，
也沒必要為了放不下一個誰，
反而更加為難自己，是嗎？

04／最後一次

若是真的曾經深愛過，
就不可能完全放下這一個人

你有試過無法放下一個人嗎？

或許，你可以做到放棄再找他，
但你不會拒絕他的來電與請求。

或許，你不會再去等他的短訊，
但你不會將他的訊息全部刪除。

你都不會再主動關心他了，
但每次聽到他的近況，還是會忍不住悄悄在意。

你和他其實已經相隔很遠，
但當你知道他不快樂，還是會好想陪在他身邊。

偶爾你會想，其實你們之間，
早已經沒有關係了，
就只剩下一個名為朋友、

既不重要，也只有形式的名分。

你依然在乎他，但是你知道自己沒有資格。
你依然想念他，但是你知道他已不再需要。

你已經放棄再去期待，
你們將來還有可能重新開始，
他還有可能像從前一樣，
主動找你、關心你、在乎你的一切……
從此以後，大概只會漸漸不再往還。
放下也好，放不下也罷，
他也不會知道，更不可能在乎。
既然如此，何必要再更難為自己，
去勉強放下這一個其實並不捨得的人，
到頭來反而彷彿徒勞無功，
到頭來只會令自己更困累孤單……

就算無法放下，
但至少還可以自由自在地，
繼續思念下去，一個人去喜歡一個，
不會再見的誰。

04／最後一次

只是偶爾，

當你知道，他與別人在一起了……

當你發現，他過得比從前更幸福快樂……

當你聽說，他如今已身處在你無法走近的世界……

每次你都會想，

其實，自己也應該要好好放下了，

是時候要向前走、要好好放過自己……

但是比起放棄，

放下一個人，原來更難。

我們可以主動放棄去找一個人，

可是放下，從來不由我們自己作主。

總有一個人，每次你都會想，

自己應該要放下了，應該要離開他的支配了，

但每次到最後，你發現根本無法真的遠離割捨，

來來回回，他還是會停留在你的心裡，

偶爾突然和你說再見，

偶爾你又會因為無法想起他的某段回憶，

結果反而讓你惘然若失……

有天你可能會淡忘，他的身影，
但是這一個位置，始終都會屬於那一個人，
用另一種方式，陪你天長地久。

想放下，但始終無法放下……
或許這就是我們曾經深愛過另一個人，
最後的一段憑證。

285

Let you go
Before I let go

04／最後一次

最 後 一 次
耿 耿 於 懷

MIDDLE 作品 09

最後一次耿耿於懷 / Middle著. -- 初版.
-- 臺北市 : 春天出版國際文化有限公司,
2022.07 面 ; 公分. --
(Middle作品 ; 9)
ISBN 978-957-741-555-4(平裝)

855   111008183

作　　　者	Middle
總　編　輯	莊宜勳
主　　　編	鍾靈
封 面 設 計	克里斯
排　　　版	三石設計
出　版　者	春天出版國際文化有限公司
地　　　址	台北市大安區忠孝東路四段303號4樓之1
電　　　話	02-7733-4070
傳　　　眞	02-7733-4069
E - mail	story@bookspring.com.tw
網　　　址	http://www.bookspring.com.tw
部　落　格	http://blog.pixnet.net/bookspring
郵 政 帳 號	19705538
戶　　　名	春天出版國際文化有限公司
出　版　日　期	二〇二二年七月初版
定　　　價	380元
總　經　銷	楨德圖書事業有限公司
地　　　址	新北市新店區中興路二段196號8樓
電　　　話	02-8919-3186
傳　　　眞	02-8914-5524

Let you go Before I let go

Let you go Before I let go